ちっちゃくてデカくて可愛い七瀬さんを勘違い元カレから奪って幸せにする

烏丸 英

ファンタジア文庫

3483

口絵・本文イラスト　瑠川ねぎ

Contents

序章　浮気(うわき)された七瀬(ななせ)さんと修羅場を見てしまった僕

「どういうこと？　詳しく説明してよ！」

――僕、尾上雄介(おがみゆうすけ)がそんな声を聞いたのは、短期バイト終わりにハンバーガーショップで持ち帰り用の商品を待っていた時だった。

張り詰めた緊張感と怒りを同居させたその声に思わず振り向いた僕は、視線の先にいた人物を目にしてハッと息を呑む。

店の一角にあるテーブル席にいたのは、この春から通っている高校のクラスメイトである七瀬ひよりさんだ。

身長百五十センチにも満たない小柄さとかわいらしい顔立ち、そこに子供っぽさを感じさせる明るい雰囲気とそれらに反したプロポーションを誇る彼女は、一部の男子たちの間で人気を博している。

しかし今、七瀬さんはショートボブに切り揃(そろ)えられた黒い髪を乱し、険しい表情を浮かべながら、高校の同級生である江間仁秀(こうまよしひで)と向かい合って座り、剣呑(けんのん)な雰囲気で何かを話していた。

趣味が悪いとは思いつつもあの二人が何を話しているか気になってしまった僕がこっそりと聞き耳を立てて会話を盗み聞きし始める中、七瀬さんは震える声で江間を問い詰めていく。

「他の女と付き合ってるってどういうこと？　仁秀、浮気してたの⁉」

「まあ、うん……そんな感じ」

うわぁ、と思わず声が口から漏れてしまった。

どうやらあの二人は付き合っていたようだ。そんな中、江間の浮気がバレて修羅場に突入した、ということだろう。

まだ高校に入学して間もないとはいえ、そんな雰囲気なんてこれっぽっちも感じさせなかったのにな……と、二人が周囲に上手くごまかして付き合っていたことに驚く中、トーンダウンした七瀬さんが江間に質問を投げかける。

「……柴村とはいつから付き合ってるの？」

「去年の夏くらいから、かな……」

「去年の夏って……あたしと付き合い始めたのと同じ時期じゃん⁉　どういうこと？　あっちはあたしと仁秀が付き合ってること、知ってるの⁉」

「えっと、うん。ひよりと付き合ってることは伝えてたんだけど、二番目でもいいからって何度も告白されて、それで――」

「二股かけてたんだ？　半年以上、あたしを騙し続けてたんだね？」

　七瀬さんの声の震えの種類が変わった。

　さっきまでは怒りによる息切れで声を震わせていたが……今はショックのあまり、茫然自失としている感じだ。

　そりゃあショックだろう。恋人が、一年近く自分のことを騙し続けていたんだから。

　出来心でちょっと浮気したとかではなく、完全に確信して彼女を裏切り続けていた江間に対して、無関係な僕ですら怒りを覚える中、七瀬さんがぼそりと呟く。

「……仁秀がモテるってことはわかってた。高校に入ってからも色んな女の子からアタックされてたし、他に好きな人ができたってだけなら受け入れられたよ。だけど、こんなの酷過ぎるよ……‼」

「で、でも俺、ひよりのこと嫌いになったわけじゃないっていうか、二奈とどっちが上って決められてるわけじゃないっていうか、なんていうか、その……」

「……なに？　バレたけどこれからも二股を受け入れて、このままの関係を続けてくれって言いたいの？」

七瀬さんの声に怒りの感情が戻る。彼女の言う通りで、二股がバレたというのに恋人関係を壊さないでほしいだなんて虫のいい話が通用するわけがない。

既に商品を受け取っていたが、どうしても二人の話が気になってしまった僕が店の中で息をひそめる中……江間が信じられないことを言い始めた。

「その、あのさ……実はなんだけど、俺、二奈にその……胸を揉ませてもらったんだよね」

「……は？」

「受験が終わって、春から同じ高校に通えることになったお祝いってことで呼び出されてさ。それで——高校生になったら、もっとすごいことさせてあげるって言われたんだ。ひよりだって、二奈に負けたくないだろ？」

「………………」

何を言っているんだと、本気で思った。遠巻きに見ているだけでも、七瀬さんの心が急激に死んでいくことがわかる。

恋人に二股されて、騙され続けて、しかも浮気相手とそういうことをしたという報告を受ける彼女は今、深く傷付いているだろう。

だけど、だからといってここで僕が話に割って入ったらそれはそれで面倒なことになるんじゃないかと、もう話を聞きたくないであろう七瀬さんを助けに入るべきかどうか僕が迷っている間に、江間は彼女の心にトドメを刺し始めた。

「そ、そこまでショックを受けるってことは、ひよりもまだ俺のこと好きなんだろ？　だったらさ……胸くらい、揉ませてくれよ」

「……はぁ？」

「二奈とのあれはその場の空気に流されてつい、って感じでさ。でも、俺は本当はひよりの方が好きなんだよ！　ひよりの方がかわいいと思うし、胸も大きいしさ！　だからその、ちょっとエロいことをさせてくれよ！　俺に捨てられたくなんかないだろ⁉　なあ⁉」

――人って、本気で怒ると冷静になれるんだなと、僕は己の身を以て理解した。

同時に今、あそこで最低なことを言っている男に自分がどれだけ酷いことをしているかを理解させなければと、心の底から思う。

本当に最低の開き直りだ。その上で、暗に顔と体にしか興味がないという意味の発言をするだなんて、腐っているとしか言いようがない。

それが浮気した男が、傷付いている彼女に向けて言う言葉かと……そう、僕が二人の元に行って言おうとした時だった。

「なあ、頼むって！　本当に一回だけでいいからさ――ぶふっ⁉」

ばしゃっと、テーブルの上に載っていたカップの蓋を外した七瀬さんが、その中身を江間へと浴びせかける。

紫色のジュースを浴びせかけられて着ているシャツをびしゃびしゃにしながら同じ色に染まった江間が目を丸くする中、顔を上げた七瀬さんが絞り出すような声で言った。

「最低……っ‼」

「あっ……⁉」

ぽろぽろと静かに涙をこぼしながら、それでもギリギリのところで決壊しないように必死に自分を抑えている七瀬さんには、それが限界だったのだろう。

数々の想いを、無念を、怒りと悲しみ、そして絶望をにじませた一言を呟いた彼女は、そのまま一目散に店を飛び出していってしまう。

「ひ、ひより……！」

江間は彼女に手を伸ばしていたが、追いかけるつもりはないようだ。

というより、周囲から何事かと目を向けられて、恥ずかしくなって動けなくなっているように見える。

彼が七瀬さんを追おうがそうでなかろうが、僕のやることに変わりはない。今の彼女を放っておくことなど、できるはずがなかった。

飛び出していった彼女を追いかけ、必死にその小さな姿を探した僕は、近くの公園の入り口で蹲（うずくま）っている彼女を見つけ、叫んだ。

「七瀬さんっ!!」

「えっ？　あ、尾上、くん……？」

ただでさえ小さな体をさらに小さくしながらすすり泣いていた七瀬さんが、驚きに顔を上げながら僕を見やる。

居ても立ってもいられずに追いかけてきてしまったが、この後どうするのかを考えずにいた僕は目を赤くした七瀬さんの姿を見て、視線を逸（そ）らしながら呻（うめ）いた後――

「あ、あ～……ハンバーガー、食べる？」

――そんな、情けない話の切り出し方をしたのであった。


「……そっか、聞かれちゃってたんだ。恥ずかしいな……」

「ごめん。良くないことだってわかってたんだけど、つい……」

「いいよ。人が集まる場所であんな話をしてたあたしたちが悪いんだからさ。でも……悪いと思うのなら、少しだけ話を聞いてもらってもいい？」

「……僕で良ければ、好きなだけ付き合うよ」

日が沈み、暗くなり始めた公園のベンチに座りながら、僕が差し出したハンバーガーをヤケになって食べていた七瀬さんが弱々しい笑みを浮かべながら言う。

くしゃり、と包み紙を握り締めながらの彼女の言葉に、罪滅ぼしの意味も含めて僕が付き合うことを告げれば、七瀬さんは少しだけ嬉しそうにしながら話をし始めた。

「……仁秀とはさ、幼馴染だったんだ。幼稚園から今の今までずっと一緒で、ぼんやりと好きになって……それで、中三の夏にあたしから告白して、付き合い始めたんだよね」

「中三の夏っていうと、部活を引退した頃だね」

「そう。バスケ部だったあいつが地区大会で尾上くんの学校に負けて、引退が決まったその日に告ったの」

ニヤリ、と笑った七瀬さんが僕を見やりながら言う。

正直、彼女が僕が中学時代にバスケ部に所属していたことを知っていたことに驚いたが、僕も試合で対戦した江間や彼の応援に来ていた七瀬さんのことを覚えていたから、そんなものかなとも思った。

「あいつ、チームのエースだったからさ、負けたことに責任感じて、わんわん泣いてたんだ。それを見て、支えてあげなくちゃって思った。ずっと一緒にいて、恋心みたいなものもあったからさ。でも、あいつは──」

自分の告白を受け入れ、恋人という関係になっておきながら……他の女子とも付き合っていた。

その夏から一年近く自分を騙し続けた江間に対して、七瀬さんは怒りを通り越して絶望しているようだ。

幼馴染として長い時を過ごし、自分から告白して恋人になった男がそんなクズだったと知ってしまったら、ショックを受けて当然だろう。

僕が思っている以上に苦しんでいる七瀬さんになんと声をかけるべきかわからずにいる間に、彼女は話を続けていく。

「……ちょっと前からおかしいとは思ってたんだよね。なんかよそよそしくなったのにボディータッチが増えてきたからさ。それでこの前、用事があるって一人で帰ったあいつの跡をつけてみたら……同じクラスの柴村とイチャイチャしてんの。バレたら恥ずかしいからってあたしとは手もつながなかったくせに、柴村が腕に抱きついてもなにも言わないでデレデレしちゃって……！」

「それで今日、江間を呼び出して問い詰めたんだね」

「……うん。で、あの様。開き直られた上に馬鹿みたいなこと言われてさ……なんだよ、顔と胸はあたしの方がいいって。それしか頭にないのかって話だよね？　付き合った頃からそれしか考えてなかったのかな……？」

「……ひどい話だね。聞いてただけの僕も、江間を許せなかった」

恥を承知で、もっと早くに話に割って入るべきだった。そうすれば、七瀬さんがここまで傷付くこともなかっただろう。

江間も許せないが、彼を許せないと思いながらもあと一歩が踏み出せないでいた自分自身にも同じくらいの怒りを抱いている僕がやるせなさに拳を握り締める中、七瀬さんが呟く。

「……許してあげれば良かったのかな？」

「えっ……!?」

「まだ早いって思ってたし、もっと大人になってからそういうことをするべきだって思ってた。でもさ……少しくらい許してあげてれば、こんな惨めな思いをせずに済んだのかなって、そう思うんだ。あいつの言う通り、あたしってば顔と体はいいんだしさ。これを餌にすれば、仁秀も――」

「そんなこと言っちゃダメだ。いや、思うのもダメだよ」

体を許していれば、こんなことにはならなかったのか？　そんな七瀬さんの言葉を僕ははっきりと否定する。

驚いてこちらを見る七瀬さんの目を見つめながら、僕は自分の想いを彼女へとぶつけていった。

「七瀬さんの思ってたことは間違ってない。そういうことは、軽々しくするものじゃないはずだよ。それに、体で繋ぎ止める関係だなんて恋人でも何でもないじゃないか」

「……そっか、そうだよね。そんなことして好きになってもらっても、それは本当の恋人とは言えないよね。尾上くんの言う通りだ」

「そうだよ！　むしろ、ラッキーだって考えよう！　今はそう思えないかもしれないけど、高校に入学してすぐに江間の本性がわかったおかげであいつに無駄に時間を取られずに済んだんだからさ！」

「あはは！　確かにその通りだ！　逆にあいつの言いなりになって好き勝手やらせてたら、一生後悔するところだったもんね！　それに……こうしてハンバーガーも奢ってもらえたしさ！」

ニヤッと笑った七瀬さんがベンチから立ち上がると共に、近くのゴミ箱へと丸めたハンバーガーの包み紙を放り投げる。

綺麗な放物線を描いてシュートが決まったことに「よしっ！」とガッツポーズをして喜

んだ彼女は、僕へと向き直ると口を開いた。

「ありがとね、尾上くん。あなたのおかげでちょっと吹っ切れたよ」

「いいよ、僕が好きでそうしたんだしさ。七瀬さんが元気になってくれたなら、それでいい」

「……ありがとう。すっごい凹(へこ)んだし恥ずかしかったけど、尾上くんがいてくれて良かった。そうじゃなかったらあたし、どうなってたかわからないよ」

　恥ずかしそうにはにかみながら、七瀬さんが僕へとお礼を言う。

　僕なんかの言葉で少しでも元気が出たならば良かったと、彼女の様子を見て僕は胸を撫(な)で下ろした。

「そろそろ帰らなきゃ。これ以上、暗くなったら大変だもん」

「じゃあ、送っていくよ。まだちょっと、心配だしさ」

「おおっ、優しいね〜！　それじゃあ、お言葉に甘えちゃおうかな！」

　そうして、僕は七瀬さんを家の近くまで送っていった。

　去り際に「また明日、学校で」と手を振ってくれた彼女は吹っ切れた笑みを浮かべていて……それを見て、ようやく本当に安心できた僕も、笑顔で帰路に就くのであった。

「完全にやらかしたよな……？　どうしよう……？」

その日の夜、俺はベッドの上で悩みに悩んでいた。

幼馴染であり、恋人の一人でもあったひよりに浮気がバレ、あいつを怒らせてしまったからだ。

これまで何度も喧嘩をしたことがあったが、こういった形での諍いは初めてだ。

長年の付き合いからくる経験から考えても、ひよりが相当怒っていることがわかる。

「でもさ、しょうがないじゃん。二奈だってかわいいんだからさ」

正直、悪いことをしているという自覚はあった。

ひよりと付き合うことになってからほとんど間を置かずに他校に通っていた柴村二奈の告白を受け入れてしまったことに罪悪感を抱いてはいた。それが理由でいまいちひよりとの関係を進展させられなかった部分もあったとは思う。

だけど、それが不満だったら言ってくれれば良かったんだ。そうすれば俺だって色々改善できたし、愛されてるんだなって思えた。

その点、二奈は「二番目の彼女でもいいから」と積極的にアプローチしてくれたし、事あるごとにメッセージを送ってくれた。

あまり大きくはなかったけれど胸だって揉(も)ませてくれたし、高校生になったらもっとすごいことをさせてくれると言ってくれたし……色んな形で俺への好意を伝えてくれて、好きだって気持ちを表してくれたんだ。

でも、ひよりはそういうことをしなかった。

学校の連中に付き合っていることがバレるのが嫌でそういう接触は避けようと俺から言っていたとはいえ、会話は幼馴染のそれを越えることはなかったし、デートに誘っても秋ごろから「受験勉強が優先！」とか言って、遊びに行くことも少なくなっていた。

それに、なんて言うか……ひよりとは一緒に居過ぎたせいで、刺激みたいなものが感じられなくなってたんだと思う。

恋人同士の甘酸(あまず)っぱい感覚なんてものはあっという間に感じられなくなって、彼氏彼女になる前と何ら変わらない付き合い方が始まった。

こんな状況で俺に好き好きアピールしてくれる女子がいたら、そっちに心が向いて当たり前だ。

それに、俺だって改善の努力はした。ひよりに愛されてる実感が欲しかったから、少し体を触らせてもらおうと思って動いたんだ。

まずは手を繋いで、キスをして、そこから胸を揉む。全部全部、二奈はやらせてくれた。

でも正直、背はあれだけど胸のサイズは圧倒的にひよりの方が上だ。あのおっぱいが揉み放題になるのなら、俺は迷わずひよりを選ぶ。

だから俺からアプローチしたのに、ひよりにチャンスをあげたっていうのに、あいつはそれを拒んだんだ。

今日だってそう。俺は恥ずかしかったけどちゃんと言った。俺が好きなら、胸を揉ませてくれって言ったんだ。

でも、あいつはそんな俺にジュースをぶっかけて、最低だなんて言って逃げやがった。

状況が状況だからそうなるのも当たり前かもしれない。だけど、俺だって必死だったし焦ってたんだから、少しはその辺のことを理解してくれてもいいじゃないか。

ほんの少しだけでいいから……触らせてくれればそれで良かったんだ。

俺は高校に入ってからモテモテだし、それはひよりだってわかってた。だったら、俺の彼女ってポジションを守るために少しくらい努力すべきだろ？

俺はチャンスを与えた。だけど、あいつがそれをぶち壊した。それだけの話だ。

俺にも悪いところはあるけど、ひよりにだって同じくらい悪い部分があるだろう。

「二奈の言うことを聞いてて良かった……！　っていうか、ひよりと付き合ってることを学校の連中に隠しといて良かった〜……！」

まあ、ひよりとは一旦冷却期間を置くことにしよう。不安なのはあいつが俺の浮気を言いふらすことだが、その点に関しては前々から対策している。

俺は二奈の忠告に従って細心の注意を払い、ひよりと付き合っている証拠を残さないようにしてきた。メールの文章なんかも仲のいい幼馴染(おさななじみ)の会話と言われれば納得できるラインに留(とど)めてある。

周りにも付き合っていたことは隠していたから、あいつが何を言おうとも「別に恋人なんかじゃなかった」と「ひよりが勝手に勘違いしてるだけ」で押し通すことができるはずだ。

ありがたいことに、通っている高校に中学時代の友達がいないことも俺に有利に働いていた。

だから俺の評判が落ちる心配はしなくていい。考えようによっちゃ、これで二奈とも堂々とイチャつけるし……俺にアプローチを仕掛けてくる女の子とも仲良くなれる。

それに、ひよりとは長い付き合いだし、告白だってあいつからしてくれたんだ。

別れ際(ぎわ)の気分は最悪だったけど、あそこまでショックを受けるってことはまだ俺のことが好きなんだろう。

だったら、色々と落ち着いたらよりを戻せる可能性だって十分にある。

そうしたら実質的に二股は公認になったようなものだし、かわいい女の子二人と同時に付き合える可能性があるだなんて夢が広がりまくりだ。

「大丈夫だろ。あいつのことはよく知ってる。なんてったって俺たちは幼馴染だしな……」

ひよりだって俺のことはよく知ってるだろうし、そう簡単に俺から離れられるわけがない。あいつはそういう奴なんだ。

多分、一か月もすれば、あんまり変わらない日常が……いや、今まで以上に楽しい日常がやってくるはずだ。

誰よりもひよりを理解しているのは俺なんだ。その俺がそう思うのだから、絶対に間違いない。

自分のやらかしを反省しつつ、ひよりが機嫌を直したらどう許してやろうかと考え始めた俺は、その途中で寝落ちしてしまい……結構すっきりとした気分で翌日の朝を迎えるのであった。

第一章　七瀬さんが家にやって来た！

（どうする……!?　よく考えろ、僕……!!）

七瀬さんと江間の修羅場を目撃してしまった翌日の朝、僕はクラスメイトたちが騒ぐ教室で悩みに悩んでいた。

悩み事はもちろん、七瀬さんに関わること。この後で登校してくる彼女にどう声をかけるべきか、というものだ。

昨日あんなことがあったし、また明日学校でという話もしている。七瀬さんが登校してきたら、一言声をかけるべきだろう。

問題は、どんな感じで声をかけるか？　という部分だ。

深刻に話しかけるのは昨日のことを思い出させるかもしれないし、かといって明るく声をかけるのもそれはそれでリスクがある。

一夜明け、七瀬さんの心境がどう変化したか？　という部分が予想できない以上、半分以上はギャンブルだ。

少しでも勝率の高い形でのコンタクトを考えようと、必死に頭を悩ませていた僕であったが……不意に背中と肩に何かがのしかかってきたような重さを感じると共に、耳元で声が響いた。

「尾上(おがみ)くん、おっはよ〜！」

「ななな、七瀬さんっ⁉　お、おはようございます……！」

僕の首に腕を回し、背後から抱き着きながら声をかけてきた七瀬さんの行動と、彼女の顔が想像以上に近くにあったことに驚きながらどうにか挨拶をする僕。

ぐるりと体を捻(ひね)る僕の反応をくすくすと笑いながら回していた腕を解(ほど)いた七瀬さんは、首を傾(かし)げながら言う。

「どしたの、朝から難しい顔して。何か考え事？」

「あ〜……えっと、その〜……」

この場合、どう反応するのが正解か？　僕は必死に脳を働かせて答えを探る。

ここは正直に話すべきなのでは……と結論を出したのと同時に、自嘲気味な笑みを浮かべた七瀬さんが口を開いた。

「わかってるよ。あたしにどう接しようか考えてくれてたんでしょ？」

「……うん」

七瀬さんが自分から言ってくれたおかげで、言いやすくなった。

正直に答えた僕に対して、小さくため息を吐いた後で七瀬さんが言葉を続ける。

「なんかごめんね、気を遣わせちゃってさ。でも、本当に大丈夫だから！　一晩寝たらすっきりしたし、昨日言ってもらったみたいにあいつの本性が早めに知れてラッキーだって思えるようになったよ！」

「……そっか。それならよかった」

多分、この言葉には強がりも入っているのだろう。

最低の男だったとはいえ、七瀬さんにとって江間は彼氏になるずっと前から付き合いがある幼馴染だ。

長い付き合いのある男の本性を知ると同時に彼に裏切られたショックは、そう簡単に拭い去れるものではない。

それでも、前を向こうと心に決めて笑顔を見せてくれる彼女は、本当に強い人なんだなと思った。

「こんなことを聞くのも野暮かもしれないけどさ、やり返してやろうとか考えないの？　江間が浮気してたこと、バラしちゃうとかさ……」

「あ〜……いいよ、そんなの。っていうか、無理っぽい」

「実はあたしも昨日、少しそういうこと考えてさ、何か証拠になるようなものがないか探してみたんだけど……何もなかったんだよね」

「メールとか、ラインとかに付き合ってることを証明する文章とか、なかったの？」

「うん、な～んにもなかった！　全部、幼馴染の会話だって言われたら納得できちゃうようなものばっかり！　読み返して、自分でもびっくりしちゃったよね！　考えてみれば、どこからバレるかわからないからそういう証拠は残さないようにしようって、あいつの方から言われてたんだったよ！」

あはは、と笑った後、今度は盛大にため息を吐く七瀬さん。

江間を告発する証拠が見つからなかったことではなく、他の何かに落胆していることに気付いた僕の前で、彼女が言う。

「……結局、そういうことだったのかなって。仁秀にとってあたしはただの幼馴染で、恋人じゃなかった。最初からあたしとはなんとなくそういう関係になっただけで……本命は柴村だったんだよ」

「七瀬さん……」

江間はこうなることを予測していた。だから、自分と七瀬さんが付き合っている証拠を残さないように振る舞い、彼女にもそうするよう促していた。

それが彼自身の悪知恵か、あるいは浮気相手の柴村さんからの入れ知恵なのかはわからない。

ただ……恋人だと思っていた相手が、いつでも自分を切り捨てられるように備えをしていたことを理解した七瀬さんが深く傷付いていることは僕にもわかった。

「あ～っ、ごめん！　やっぱちょっと凹んでるや！　こういう時はヤケ食いに限る！　甘いもの、甘いもの～‼」

そう言いながらがっくりと肩を落とした七瀬さんは、どこからかメロンパンを取り出すと袋を破り、大きく口を開けてかぶりついた。

教室の後ろの方にある僕の席の周囲には誰もいない。この会話も、誰にも聞かれていないからこそできることだし……それはきっと、このヤケ食いもそうなのだろう。

もきゅもきゅとハムスターのようにメロンパンをかじり、口の中に押し込んでいく七瀬さんをじっと見つめていた僕の視線に気付いたのか、顔を上げた彼女は口の中のパンを飲み込むとこう問いかけてきた。

「どしたの、尾上くん？　あたしのこと、そんなにまじまじ見つめちゃってさ」

「いや……江間は、七瀬さんのどこが不満だったんだろうなって。僕が七瀬さんと付き合えたら、浮気しようだなんて考えないと思うんだけどな……」

そう言いながら改めて七瀬さんをまじまじと見つめ、彼女を観察する。

黒いショートボブの髪はサラサラで活発な雰囲気が子供っぽい七瀬さんにマッチしているし、顔もアイドル顔負けの愛らしい顔立ちをしている。

誰もが認める美少女である上に、江間が言っていたように胸だって大きいし……こんな女の子と付き合えたなら、そいつはとんでもない幸せ者だと誰もが断言するだろう。

「……単純に子供っぽい女が好みじゃなかったんじゃない？　かわいい系のロリ巨乳より、正当派の美少女がタイプだったってだけでしょ」

「そうなのかな……？」

江間の浮気相手である柴村二奈(にな)さんに関しては、僕も知っていた。

確かに七瀬さんが言う通り、彼女はかなりの美少女ではあるし、かわいくも綺麗(きれい)にも見える容姿をしている。七瀬さんは一部の男子に人気の女子といった感じだが、それに対して柴村さんは多くの男子に人気な女の子といった感じだ。

でも、少なくともそれが七瀬さんよりも柴村さんを選ぶ決定的な理由にはならないんじゃないかと考える僕の前で、メロンパンを食べ終わった七瀬さんが二つ目の袋を取り出しながらこう言ってきた。

「まっ、あたしは所詮、惨めにも浮気された女だよ。価値があるのは身長に行くはずだった栄養が溜まって育ったこのおっぱいだけ。他は柴村に全負けの情けない女——」

「いや、そんなことないでしょ」

自虐的な七瀬さんの言葉を聞いた僕は、思わずそう言ってしまっていた。

その言葉に目を丸くして驚き、動きを止めた彼女へと、僕はこう続ける。

「確かに見た目とか胸の大きさは個人の好みがあるから、どちらが上とかの明確な判断はできないけど……普通に考えて、恋人がいる男に浮気相手でもいいから付き合ってだなんて言う女の子、絶対にまともじゃないでしょ。この時点で七瀬さんの圧勝じゃん」

「んっ……まあ、それはそうかもだけど……」

かも、じゃなくてそうだよと、僕は七瀬さんに続けて言った。

やっぱり立ち直ったように振る舞ってはいるがまだ凹んでいるんだなと、自分を卑下するような思考に染まっている七瀬さんを見てそう思った僕は、彼女を少しでも元気付けようと率直な思いをぶつける。

「僕は七瀬さんは柴村さんに負けないくらいかわいいし、魅力的な女の子だと思ってる。少なくとも、性格面では七瀬さんの方が絶対に上だって。だから、自分はダメな奴だなんて言わないでよ。僕で良ければ、いくらでも励ますからさ」

「尾上くん……！」

僕の精一杯の励ましの言葉は、七瀬さんに響いてくれたようだ。

ヤケ食いを止め、開けようとしていた二個目のメロンパンを懐へとしまった彼女は、微笑みを浮かべながら僕を見つめ、口を開く。

「……ありがと。なんか、また励まされちゃったね。昨日からずっと、尾上くんには気を遣わせっぱなしだ」

「気を遣ってなんかないよ。それに、僕なんかの言葉じゃ大した励ましにもならないだろうしさ」

「そんなことないって！　尾上くんが気付いてないだけで、本当に救われてるんだよ？　だからほら、自分なんか〜、なんて言わないでよ。そう言ったのは尾上くんの方でしょ？」

かわいらしく首を傾げながら、上目遣いになって僕を見つめる七瀬さんが言う。

自分自身の言葉をほとんどそのまま返されたことに苦笑しながらも彼女が元気を取り戻してくれたことに安堵する僕へと、不意に七瀬さんがこんな質問を投げかけてきた。

「あっ、そうだ！　尾上くん、今日の放課後空いてる？　昨日のお礼がしたいからさ、良ければどっか一緒に遊びに行こうよ！」

「えっと、ごめん。今日は親の帰りが遅いから、家で弟たちの分の夕食を作らなくちゃいけないんだ。だから――」

突然のお誘いをありがたく思いながらも、今日は予定が入っていることを告げた僕は、申し訳なく思いながらも遊びの誘いを断ろうとしたのだが……僕の言葉を聞いた七瀬さんは、むしろ喜ばしいといった感じで笑みを浮かべながら、こう言ってきた。

「ふ～ん、そっか。それならちょうどいいね！」

「えっ？　ちょうど、いい……？」

「うん！　お世話になったお返しをするんだから、ちょうどいいでしょ？」

さっきよりもいい笑みを浮かべた七瀬さんの言葉を、僕はいまいち理解できなかった。

そんな僕に対して……ぐっ！　とサムズアップした七瀬さんは、実にいい笑顔を見せながらこう言うのであった。

「尾上くんちの晩ご飯、あたしが作りに行くよ‼」

（どうしてこうなった……？）

本日何度目かもわからない自問自答を繰り返しながら、僕は野菜を切っていた。

見慣れた我が家のキッチン。僕と母が綺麗に使ったり掃除しているおかげで清潔さを保てているそこに、見慣れない人物の姿がある。

ちらりと横を向けば、ピーラーでジャガイモの皮を剝いてくれている七瀬さんの姿があって……小さな彼女と横に並びながら料理をする僕は、静かにパニックになっていた。

「いや〜、ごめんね！　あたしが作るとか言っておきながら、結局メインは尾上くんに任せちゃってさ〜！」

「い、いや、こうして手伝ってもらえてるだけで十分助かってるよ」

実際、今日は普段よりもスムーズに食事の準備が進んでいる。

単純に人手が倍だということもそうだが、面倒な下ごしらえを七瀬さんが手伝ってくれていることがかなり大きかった。

この調子なら予定より大分早く出来上がりそうだと考える僕へと、七瀬さんが言う。

「ジャガイモの皮剝き、終わったよ！　次は何をすればいいかな？」

「えっと……じゃあ、鍋を出しておいてもらえるかな。あと、カレールーを割っておいてもらえると助かる」

「オッケー！　お鍋、お鍋……！」

コンロの下にある引き戸を開き、カレー用の鍋を探す七瀬さんを見つめながら、僕は彼

カレー

女が皮を剝いてくれたジャガイモを切っていく。

火を入れた時に軽く溶けてしまってもいいようにやや大きめにカットしたそれをボウルに入れた後、材料の最終確認を行う。

「うわっ！　もう切ったんだ？　手際いいね〜！」

「もう何年もやってることだから。慣れだよ、慣れ」

中学時代から、家の手伝いはよくやっていた。料理もプロ並みとは言わないが、この程度ならば慣れたものだ。

七瀬さんの方も少しおぼつかない手付きではあったが、見事にサポートしてくれた。おかげで普段よりずっと楽ができて、本当に助かっている。

鍋も大きくて厚めのものを取り出してくれたし、もしかしたら彼女も料理の心得があるのかもしれないなと思いながら、僕はその中に次々と材料を放り込んでいった。

「尾上くんち、チキンカレーなんだ！　美味しいよね！」

「うん。というより、牛肉は高くて買えないからね……大体が豚か鶏だよ」

……僕の家には、父親がいない。ずっと前に事故で亡くなった。

それからは母が仕事と家事を両立させながら一人で僕たち兄弟を養ってくれている。

そんな母の姿を見ていたから、僕も中学生でバスケットはやめようと決めていた。

少しでも母の負担を減らすために家事やアルバイトをしようと思ったし、何より部活動はお金がかかる。

弟たちにもこれから受験が待っていることを考えると、家計的な負担は少しでも減らした方がいいはずだ。

とまあ、そんなことを考えながら材料に火を入れ、そこに水を加えて煮込んで、浮いてきたアクを取って……と、調理を続けていった僕は、頃合いを見計らってカレールーを投入した。

「うわ、いい匂い……！　お腹空いちゃうね～！」

溶けたルーが鍋の中の食材と絡むことで生み出されるカレーのいい匂いを嗅いだ七瀬さんが鼻をひくひくとさせながら弾んだ声で言う。

「あとはこのまま弱火で煮込んで完成かな。申し訳ないんだけど、適度にかき回しながら鍋の様子を見ててもらってもいい？」

お米の準備をしたかった僕が彼女に鍋の様子を見るように頼めば、七瀬さんはえっへんと胸を張りながら頷き、おたまを受け取ってくれた。

「もちろん！　任せてよ！」

背の低い七瀬さんのために台を用意した方がいいかとも思ったが、流石にそこまで小さくはないようで、普通に鍋の中を見ることができている。

こうして手伝ってくれる人がいると本当に助かるなと思いながら、僕は炊飯器のスイッチを入れた。

「ちょっとだけ多めに炊いたけど、これで足りるかな……？」

「わかる。カレーの日ってついついご飯を多く食べがちだもんね」

「いや、それもあるけどさ。今日は七瀬さんの分もあるから、もう少し多く米を炊いた方が良かったかなって」

「えっ……？　あ、あたしの分もあるの？」

「うん。折角だし食べていきなよ。僕の家族も普通に歓迎してくれるだろうしさ」

面倒な連中だけどね、と付け加えつつ七瀬さんへと僕が言う。

流石に作るだけ作ってもらって、料理ができたらはい、さよならというのはこっちとしても後味が悪い。

七瀬さんに断られたとしても、カレーなんだから余っても問題はないし……感謝を込めて、夕食に誘わせてもらおう。

「あ、でも、七瀬さんの都合が悪かったら断ってくれていいからね？　ご両親も心配するだろうし……」

「ううん、大丈夫！　うち、共働きでさ。家に帰ってこないことも結構あるんだよ。今日もそうだから……ありがたく、ご一緒させていただきます！」

夕食のお誘いを、七瀬さんは笑顔で受け入れてくれた。

楽しい気分になってくれたらいいなと思いながら僕が笑みを浮かべる中、がちゃりという音と共にこちらへと複数の足音が近付いてくる。

ただ、数が想像していたよりも多くて……弟たちがいっぺんに帰ってきたのかと考えていた僕の前に、予想外の人物が顔を出した。

「ごめん、雄介！　遅くなるって言ってたけど話が変わって、早く仕事終わっちゃった！　早く帰らせちゃってごめ、ん……⁉」

「あ、えと、はじめ、まして……」

勢いよくドアを開けて姿を現したのは、僕の母だ。

帰宅早々に謝罪をしてきた母は、キッチンでカレー鍋をかき回している七瀬さんと目を合わせると、ぴたりと動きを止めた。

ギギギ……と、油が差されていない機械のようなぎこちない動きで首を回して僕を見て、再び七瀬さんへと顔を向けた後……信じられない勢いで振り返った母は、大声で叫んだ。

「雅人！　大我！　雄介が女の子を連れ込んでる‼　警察呼んで‼」

「いや、なんでだよ⁉」

「さっきはごめんなさいね～！　あと、夕食の用意をしてくれて本当にありがとうね～！」

「いえ！　あたしはほとんど何もしてませんから！　むしろ押しかけておいて大した手伝いもできずに申し訳ないです！」

「いやもう本当に、ねぇ⁉　あの雄介が女の子を家に連れてくるだなんて、母として嬉しいやら信じられないやら犯罪に手を染めたんじゃないかと心配になるやらで、もう驚いちゃったわよ」

「最後のはおかしくない？　息子をなんだと思ってるわけ？」

長方形のテーブルに並ぶ五つのランチョンマットとカレーたち。

ほかほかと湯気を立てるそれを無視しながら、母は信じられないくらいに上機嫌な態度で七瀬さんと話をしている。

辺の長い側の一方に僕と七瀬さんが座り、向かい側には弟たちが同じく座っていて、母は七瀬さんに近い短い辺の席を確保して、ニコニコ顔で彼女と話をしていた。

「ほ〜ら、バカ息子たち！　七瀬さんにご挨拶しなさい！」

「いや、しようと思ってたのに母さんがエンドレスで話してたから機会がなかったんだけど？」

「完全にタイミング見失って、ずっと気まずかったよ」

　母からの指示に、弟たちが苦言を呈する。

　三人が帰ってきてから騒がしくて申し訳ないと七瀬さんに視線で謝罪すれば、彼女は楽しそうな笑みを僕へと返してくれた。

「んん……っ！　自己紹介が遅くなってすいません。俺は尾上雅人、雄介の弟です」

「三男の大我です。カレー、作ってくださってありがとうございます」

「雅人くんと大我くんね！　はじめまして！　それにしても、お兄さんと同じでおっきいね‼」

　ぺこり、と頭を下げた弟たちへと明るい声で挨拶をしながら、身長の高さに触れる七瀬さん。

　確かに僕たち三兄弟は全員背が高い。顔もある程度似ているが、それでいて色々と違う部分があるから面白くもあった。

　次男の雅人は兄弟の中で一番口数が多く、猫を被る(かぶ)のが上手(うま)い。

身長は高めで体も細く、兄弟の中で運動が一番苦手なのもこいつだ。

そのくせ、兄弟の中で一番の大食いという、見た目と実態が合ってない奴(やつ)である。

対して、三男の大我は身長こそ僕たちの中で一番低い（それでも百七十後半はある）が、体の厚みという部分では僕たちの中で随一だ。

柔道部に所属しているおかげでがっしりとしている大我は、人見知りで口数が少なくなりがちだが僕たちの中で喧嘩(けんか)が一番強い。絶対に怒らせてはいけない奴である。

ちなみに僕はその中間の背丈と筋肉量、そして運動神経がこの中で一番いいという長男にしてバランスタイプ的な男だ。

「そしてこの私が三兄弟の母親であり、尾上家の長(おさ)でもある尾上真理恵(まりえ)！　よろしくね、七瀬(ななせ)さん！」

「はい！　こちらこそよろしくです！」

最後に我が家のトップオブトップである母が自己紹介して、家族の挨拶は終わった。

それを黙って聞いているだけの僕は気まずさを感じるが、食卓はそんな僕の気持ちとは裏腹に盛り上がりを見せている。

……主に、僕を弄(いじ)る方向で、だが。

「それで、七瀬さんはうちのアホ兄貴とどういう関係なんですか？」

「え〜っと、この春から一緒のクラスになった友達かな？」

「どういう流れでうちに来ることになったの？　うちのバカ息子に騙されたりしなかった？」

「いやいや！　あたしの方から言ったんですよ！　昨日、ちょっとお世話になっちゃいまして……そのお礼にって形で、晩ご飯を作ろうと思ったんですけど、逆にご馳走になっちゃってますね」

「兄貴、高校ではどんな感じですか？　去年までは同じ中学だったから様子を見れたんですけど、高校に入ってから変なことやってないか心配で……」

「お前らさあ、よくもまあそこまで息子と兄を馬鹿にするワードが出てくるよな？　僕のこと、なんだと思ってるわけ？」

「あはははは！　面白いご家族だね！　雄介くん、毎日楽しいでしょ？」

「馬鹿にされ続けてる僕からすると面白くもなんともないよ。って、ん……？」

半分ツッコミのような気分で七瀬さんへと反応した僕は、彼女の発言を振り返って違和感を覚えた。

一瞬、聞き間違いか……？　と自分の耳を疑ったのだが、七瀬さんはそんな僕の動揺を見抜いたような笑みを浮かべながら、改めてその言葉を口にしてみせる。

「どうしたの、雄介くん？　そんな驚いた顔しちゃってさ」

「いっ、いや、その、呼び方が……!!」

今度はわざとらしく、強調するような感じで僕のことを名前で呼んだ七瀬さんは、ニヤニヤと楽し気な笑みを浮かべている。

どうして急に名前で呼び始めたのかと戸惑う僕に対して、彼女は実にいい笑顔を見せながらその理由を口にしてみせた。

「だって苗字で呼んでも誰のことなのかわからないじゃん！　ここにいる人たち、あたし以外全員尾上なんだからさ！」

「そ、それはそうかもしれないけど、急に名前呼びされるとびっくりするって……」

「ごめん、ごめん！　で？　雄介くん的には、あたしに何か言うことないわけ？」

「え……？」

にや～っ、と笑いながらの七瀬さんの質問に、僕はまた戸惑ってしまった。

何か言うことって、何を言えばいいんだと全くわからないでいる僕に対して、家族が失望と呆れの入り混じったため息を吐いた後でこんなことを言ってくる。

「アホだな～。うちの兄貴って本当にアホなんだな～……」

「しょうがないよ。雄介は今まで女の子と付き合うとかそういう感じになったことないいんだからさ」

「おい、お前らだってそれは同じだろうが！　なに自分たちは女の子と付き合ったことがある感を出してるんだよ⁉」

僕の鋭いツッコミに対して、雅人と大我がピーピーと口笛を吹きながら視線を逸らす。

この弟たちはと僕が怒りを募らせる中、最後まで黙っていた母が一番呆れた様子で口を開いた。

「雄介、あんたねぇ……！　そこはあんたも七瀬さんのことを名前で呼ぶところでしょう⁉　七瀬さんの友達であるあんたがまず名前で呼ばなくちゃ、私たちだって距離感がわからないでしょうが！」

「うっ、ぐぅ……⁉」

距離感って、今の今までかなり近い距離で会話していたじゃないかと思いながらも、母の言うことに正しさを感じもした僕が小さく呻く。

確かに、七瀬さんは親しみを込めて僕を名前呼びしてくれたのに、僕の方がいつまでも苗字で呼んでいたらなんだか申し訳ないなと、そう思ってしまった。

ちらりと七瀬さんの様子を窺ってみれば、彼女はそれを望んでいるようで……上目遣いで小首を傾げながら、こう尋ねてくる。

「雄介くんはあたしの名前、ちゃんと覚えてる？」

「そ、そりゃあ、覚えてるよ……」

「そう。なら良かった！　じゃあ、張り切っていってみよ～！　せ～のっ‼」

七瀬さんの、母の、弟たちの期待が籠った視線が突き刺さる。

見世物になっている感覚と、それ以上に女の子を名前で呼ぶというシチュエーションへの羞恥に顔を赤くしながら、それでも僕は観念すると共に七瀬さんを名前で呼んだ。

「ひ、ひより、さん……‼」

「ふふふ……っ！　な～に、雄介くん？」

名前を呼ぶだけで精一杯で、恥ずかしくなってしまった僕の顔を覗き込みながら、七瀬……ひよりさんが声をかけてくる。

楽しそうに笑う彼女の顔をまともに見れなくなっている僕をよそに、この場面を見ていた家族は大盛り上がりしていた。

「お～い～！　雄介、このカレーなんか甘いんですけど～⁉　間違えて甘口のルー買ってきたんじゃねえの～⁉」

「あ～、甘々だな～！　カレー食べてるのに全然辛くないな～！」

「お前ら、後で覚えておけよ⁉　ギタギタにしてやるからな⁉」

「七瀬さん……！　いえ、ひよりちゃん！　うちのバカ息子をよろしくね……！　何かあったらすぐに報告してちょうだい！　私が責任を持って、フルボッコにしておくから！」

「母さんも！　変なこと言わないでよ‼」

恥ずかしさをごまかすために、家族へと強めのツッコミを入れる。

そんな僕を見て、ひよりさんはとても楽しそうに手を叩きながら笑っていて……ダメージは負ったが、それでも落ち込んでいた彼女がつらいことを忘れて笑ってくれたのならもういいかと、僕はそう思った。


「ごめんね。晩ご飯をご馳走になった上に見送りまでしてもらっちゃってさ。お礼するはずが、またお世話になっちゃった」

「こっちこそごめん。うちの家族、騒がしかったし面倒くさかったでしょ？」

「そんなことないよ～！　お母さんも弟くんたちも、すっごく面白かったしいい人だったって！」

夕食を食べ終わって、上機嫌な家族たちと少し話をして……そんなことをしていたら、外はすっかり真っ暗になってしまった。

母たちも流石にこれ以上はマズいと思ったのか、本日はお開きということになって、僕に見送りを任せて今は家で後片付けの真っ最中だ。

僕は自宅まで送ろうと思ったのだが、それは申し訳ないというひよりさんの提案によって、人通りの多い駅前まで見送ることになった。

そこからはタクシーで帰るそうなので、それならばという形で納得した感じだ。

「うちの両親、心配性でさ。家まで暗い道が多いから、遅くなったらタクシーを使いなさいって言われてるんだよ。そのためのお小遣いも渡してくるしさ～……」

という話を聞いた僕は、ひよりさんのご両親は彼女のことを心配しているんだなと思った。

一人娘であるひよりさんのことを大切に思う、いいご両親だなと僕が考える中、隣を歩く彼女が口を開く。

「なんか不思議な感じ。ほんの数時間のことだったのに、もっとずっと長い時間を過ごしてた気分だよ」

「あ～……やっぱ大変だった？　しんどい時間は長く感じるって、そういう感じ？」

「そういう意味じゃないよ。初めて行く場所で、初対面の人たちと過ごしたのに……全然そんな気がしなかった。ず～っと昔から知ってる人たちと過ごしてるみたいで……楽しくってあっという間に時間が経っちゃってた」

初対面の相手に馴れ馴れしい態度を取った家族（というより母）のことをひよりさんがどう思っているか不安だったが、不快には思っていないようだ。

そのことに安堵する僕へと、顔を向けたひよりさんが口を開く。

「雄介くんもそう思わない？　あたしたち、こうして話すようになってまだ一日かそこらなのにさ、もう名前で呼び合ってる」

「そ、そうだね。言われてみればそんな気しかしないかも……」

少しだけ気恥ずかしさを感じながら、僕はひよりさんの言葉に同意する。

実をいうと、彼女の言っていることが僕にもなんとなく理解できていた。

彼女の言う通り、僕たちは実質的に知り合ってからまだ一日くらいしか経っていないというのに、もう名前で呼び合うようになっている。まだ彼女と名前で呼び合うことに恥ずかしさはあるけれど、一方でずっと前からそうしていたような感覚もあった。

この感覚は、不思議ではあるが嫌ではなかった。雰囲気から察するに、ひよりさんもそう思ってくれているのだろう。

安堵したいがどうしようもなく落ち着かない気分でもあるという不思議な心境に困惑する中、立ち止まったひよりさんが深刻な表情を浮かべながらこう言ってきた。

「……あのさ、雄介くん。お願いがあるんだけど、聞いてくれる？」

「お願い？　何？」

「……明日からさ、学校でも名前で呼んでもいい、かな……？」

「えっ……？」

彼女からの申し出に驚いた僕が目を丸くする。

急にどうしたんだと思う僕であったが、そこで昨日の出来事と今朝、彼女から聞いた話がフラッシュバックしてきて、このお願いの真意を薄っすらと理解した。

ひよりさんは江間と付き合い始めてから一年間、そのことをずっと周囲に隠してきた。

自分たちの関係をひた隠しにして、ただの幼馴染を演じ続けて、そうしながら一年を過ごして……昨日、江間に裏切られ続けていたことを知ってしまった。

今日、こうして僕と仲良くなったことを隠そうとすればするほど、その記憶が蘇ってしまう。また自分は江間と付き合っていた頃と同じことをしていると、そういう想いと共に不安を抱いてしまったのかもしれない。

だから、僕と仲良くなったことを隠したりせず、ありのままの姿を見せたいと思って、こんなお願いをしてきたのだろう。

正直、恥ずかしさはある。家族から浴びせられたようなからかいの文句を学校の友達から言われるかもしれないという不安もあった。

だが、ひよりさんが苦しまずに済むというのなら、そんなものどうだっていい。これも全部、僕の勝手な思い込みかもしれないけれど……苦しんだ彼女を笑顔にできるなら、からかいの言葉も羞恥も喜んで受け入れてやると思いながら、僕は彼女へと答えた。

「……うん、いいよ。その代わり、僕もひよりさん、って呼ばせてもらってもいいかな？」

「うっ、うんっ！　もちろんだよ！」

覚悟を決めた僕が笑顔で頷けば、ひよりさんも不安そうな表情をぱあっと明るい笑顔に変えて喜んでくれた。

　近いうち、クラスメイトたちから突っつかれることになるだろうが……それでも今、こうしてひよりさんを笑顔にできたのだから、僕はそれでいい。

「もう一つ、お願いなんだけどさ。またこうして、雄介くんの家にお邪魔してもいいかな？　ちょっと話したけど、うちって両親共働きで、家に帰ってこないことも多いから……一人でご飯食べるの、寂しいんだよね」

「もちろんいいよ！　母さんも雅人も大我も、僕だって歓迎するからさ！　遠慮せず、寂しくなったら遊びに来て！」

「……ありがとう。雄介くん、本当に優しいなぁ……‼」

嬉しそうに笑いながら、少しだけ泣きそうな声でひよりさんが呟いた声を、僕は聞き逃さなかった。

この程度で喜んでくれるのならお安い御用だ。いくらでも夕食に招待して、楽しい時間を過ごしてもらおう。

そう……この程度のことだ。名前で呼び合う、一緒に食卓を囲む、その程度のこと。

それだけで傷付いたひよりさんを笑顔にできるのなら、僕は喜んでそうしよう。

そんなふうに考えながら、小さな彼女に合わせてゆっくりと歩き続けた僕は、気が付けば駅前にまでやって来ていた。

タクシー乗り場にはちょうど客を待つタクシーが何台も止まっていて、すぐにひよりさんを家まで乗せてくれるだろう。

ただ……そのことを残念に思う僕がいた。

もう少しだけ彼女と話していたいという気持ちを抱えながらも、それを表には出さずにタクシーに乗るひよりさんを見送った僕は、ドアが閉まる寸前に彼女へと声をかける。

「ひよりさん！　今日は楽しかったよ。また明日、学校でね」

「……うん！　また明日、学校で‼」

ほんの少しだけひよりさんの表情が沈んでいたように見えるのは、僕の思い上がりだろうか？

彼女も同じように、僕との別れを惜しんでくれたのかなと……そんな自意識過剰な考えを抱く自分自身を叱責しながら、僕はひよりさんを見送る。

タクシーの扉が閉まって、走り出して、その姿が見えなくなっても……僕はいつまでも、車が走り去った先を見つめ続けていた。

●

——浮気がバレた次の日の朝、俺はひよりのクラスの近くであいつを待っていた。

あれから一晩が過ぎて、ひよりがどんなふうになったのかが気になったからだ。

去り際に俺にジュースをぶっかけたあいつも、時間が経てば落ち着いたかもしれない。

案外、冷静になっているかもしれないし、もう一度話ができるかも……と考えていた俺は、登校してきたひよりの姿を見て、笑みを浮かべた。

「ひより、おはよう！」

運命が味方してくれたように、今、廊下には俺たちしかいない。話をするにはうってつけの状況だ。

だから俺は、いつもと同じようにひよりに声をかけたのだが……あいつは無言で俺の横を通り過ぎて教室に入ってしまった。

「ひ、ひより……?」

「…………」

挨拶を返すどころか、俺を見向きもせずに完全に無視したひよりの態度に、ちょっとショックを受ける。

だけどまあ、やっぱり一日程度ではあいつも落ち着かなかったかと、やはりそう上手く話は転がらないかと考えた俺は、自分のクラスに戻る前に教室内のひよりの様子を窺ってみることにした。

友達と話をしているか、机で一人でぷんすかしているかだろうなと予想したのだが……そんな俺の目に、想像もしていなかった光景が飛び込んでくる。

「はぁ!? あいつ、なんであんなベタベタと……!?」

俺が目にしたのは、ひよりがクラスメイトの男子に後ろから抱き着いている姿だった。

少し離れたこの位置から見てもわかるくらいに体を密着させ、顔も近付けていて……その状態でひよりは男子に何か話しかけたようだ。

男子の方も驚いたようで、慌てて振り返っている。

そして、振り返った男子の顔を見た俺は、ハンマーで頭をぶん殴られたような衝撃を受けた。

「尾上(おがみ)、雄介……!?　あ、あいつが、ひよりと……!?」

あの覇気のない顔も、デカい体も、絶対に忘れはしない。あいつは、俺の中学バスケ生活に終止符を打った男……尾上雄介だ。

中学時代、エースとしてチームを引っ張っていた俺は、最後の夏の大会であいつが所属するバスケ部と対戦し、完膚なきまでに叩(たた)き潰された。

俺より一回りくらい背が高いあいつは悠々と俺のシュートをブロックしてきたし、あいつのシュートを俺は止めることができなかった。

必死に尾上を抜こうとしたが、あいつのチームメイトが上手くカバーをしてきたせいでこっちの攻撃は完封されて、第一クォーターが終わる頃にはほとんど決着がついていたくらいだ。

その尾上が、俺に涙を流させるほどの敗北感を刻んだあの男が、ひよりとベタベタとくっついて話をしている。

プライドを大きく傷付けるその光景に拳を握り締め、わなわなと全身を震わせていた俺であったが……ある天啓を得ると共に、頭の中に稲妻が走った。

（そ、そうか……‼　ひよりの奴、俺にやきもちを焼かせようとしてるんだな‼）

尾上とひよりはクラスメイトだが、それ以上の関係性ではない。あんなふうにひよりが尾上に抱き着くような真似をするのは、完全におかしいのだ。

でも、実際にひよりは尾上に抱き着いていた。何故あいつは、そんなことをしたのか？

答えは簡単だ。俺が尾上をライバル視していることを知っているから、ひよりは敢えて俺の前であいつとベタベタすることで俺にやきもちを焼かせようとしているんだ。

さっきは俺を無視してたけど、本当はひよりは俺のことを意識しているに違いない。

あんなふうに俺のライバルと仲良くする姿を見せつけて俺に構ってもらおうとするだなんて、意識しているどころか未練たらたらじゃあないか。

（ったく、あいつもまだまだガキだなぁ～！　そんなやり方で俺が焦るとでも思ってんのかよ？）

ひよりの考えがわかってしまえば、何も焦ることはない。というより、あいつがまだ俺を意識していることがわかって嬉しいくらいだ。

ここは焦らず、どっしりと構えてひよりを待つだけでいい。その内、あいつも自分が好きでも何でもない相手とベタベタしていることに虚しさを感じてくるだろう。

そこで俺が声をかける。もう気にしてないから、戻ってこいと言う。ひよりは喜びながらも素直じゃない態度を見せて、それでもやっぱり俺とよりを戻すことを決める……完璧だ。

ひよりのことを誰よりも理解している俺には、この先の展開が全てわかっていた。

だから今はひよりを放置するのが一番だと……もうこんなふうに気にしている素振りを見せたりせず、敢えて距離を取ることが復縁の近道になると、そう考えた俺は今後の方針を決めると共に上機嫌で教室に戻っていく。

(考えてみれば、ひよりと付き合えたのも尾上のおかげみたいなもんだしな。今回もあいつを利用させてもらうか‼)

ある意味では尾上は俺とひよりのキューピッドだ。あいつに負けて悔し涙を流している時に、ひよりが慰めながら告白してくれた。

今回もそんな感じで利用させてもらって、俺とひよりの復縁に役立ってもらおう。

仲良くしてた女子がいきなり冷たくなって、他の男のものになるだなんて尾上はショックだろうが……それまでいい夢を見られるんだから、十分だろう。

ただ一つ、ひよりのデカパイを当てられてたことだけは本気で許せない。ひよりも俺に見せつけるためとはいえ、そこまでする必要なんてないじゃないか。

これはもう、よりを戻した暁には思いっきりひよりのおっぱいを揉みまくるしかないなと考え、その感触を想像して興奮しながら、俺は教室に戻り、心の中でその日の到来を待ち侘びながら想像を膨らませ続けるのであった。

第二章　ひよりさんとスポーツテストと秘密のハグ

「雄介くん！　おっはよ〜っ‼」

「おはよう、ひよりさん。朝から元気だね」

「いいことでしょ？　一日の始まりは元気よくいかないとね！」

翌日の朝、登校中の僕は後ろからひよりさんに声をかけられ、挨拶を返した。

小走りになって駆け寄ってきた彼女の歩幅に合わせて歩く速度を落とせば、ひよりさんは嬉しそうに笑いながら話を始める。

「昨日はありがとう。カレー、美味しかったよ」

「そう言ってもらえて嬉しいな。帰り道、大丈夫だった？」

「大丈夫だったからこうして元気よく学校に来れてます！　駅まで送ってくれてありがとうね！」

「普通のことをしたまでだよ。女の子に一人で夜道を歩かせるわけにはいかないでしょ？」

「いや〜、優しいね〜！　弟くんたちも良い子だったし、真理恵さんがいいお母さんだってことがわかるよ！」

　こうして出会って間もない彼女から家族についての話が出ることに、少しだけこそばゆい感覚がある。

　だけど、嬉しそうに笑うひよりさんに僕の家族を褒めてもらえるのは二重の意味で嬉しくって、僕も自然と笑みをこぼしていた。

「あ〜……でもさ、今日スポーツテストなんだよね〜……流石にだるい！」

「確かにね。何かのスポーツをするならともかく、ただ走ったり跳んだりするだけってのは面倒だよね」

「そうなんだよ〜！　あたし、あんまり運動得意じゃないからさ〜。特に憂鬱っていうか……」

「ひよりさん、運動苦手なの？　特にそういうイメージはないんだけどな」

「ん〜……足は速い方だと思うよ。でもほら、このチビさに加えて、こ、ここ、ここが大分大きく育っちゃってるからさ」

「ぶっ……!?」

　そう言いながらひよりさんが自分のお尻をスカート越しに叩き、その後で胸を両手で持ち上げてみせる。

　確かにまあ、本人が言うようにとてもとても立派なものだなと思いながらも、家族を褒められた時とはまた違う恥ずかしさを感じて噴き出した僕へと、ひよりさんはニヤニヤとした笑みを浮かべながら言ってきた。

「雄介くんって初心(うぶ)っていうか、こういう話に耐性がないよね。わかりやすく動揺するとこ、かわいいよ！」

「からかわないでよ……昨日、弟が言ってたと思うけど、彼女とかできたことないしさ。どう反応するのが正解なのか、全然わからないんだってば」

「雄介くんはそれでいいと思うよ！　逆に、下ネタに乗っかる姿とか想像できないもん！　雄介くんが女の子の胸とかお尻見て、鼻の下伸ばしてたりしたら、なんか嫌だしさ！」

「……どうしよう。自分で想像して、鳥肌立っちゃった」

でしょ？　と楽しそうに言ってきたひよりさんと笑い合いながら、スケベな話にノリノリな自分自身の姿を頭の中から吹き飛ばしながら、彼女へと言う。

「下ネタに乗っかる僕の姿が想像できないっていうのもそうだけどさ、ひよりさんがそっち方面の話題を出してくるとは思わなかったよ」

「まあ、あれだよね。雄介くんには最初の時点で一番情けない姿を見られちゃってるし、そもそもの話題がこういうのだったからさ……全部曝け出せるっていうのはあるかも。あとはまあ、単純な信頼と興味だね！」

続く言葉も嘘ではないのだろうが、ひよりさんにとっては最初に出した理由が大きいんだろうなと答えを聞いた僕は思った。

確かに浮気した恋人を問い詰めている現場に遭遇し、開き直った相手から胸を揉ませてくれだのなんだのと言われていた場面を同級生に見られていたら、それ以下の醜態なんてそうそうない。

それがいいことなのか悪いことなのかはわからないが……僕がひよりさんにとって、気軽に何でも話せる相手になれているということは素直に嬉しかった。

「それにしても……そっかそっか、雄介くんは彼女いない歴＝年齢なのか〜……！」

「べ、別に珍しくないでしょ？　まだ僕、高一なんだからさ」

「ああ、ごめんごめん！　別にからかうつもりはないんだよ。ただ、こんなふうにお互いのことをちょっとずつ知っていくの、なんか楽しいなって思ってさ……」

ちょっとだけ恥ずかしそうにしながらそう答えたひよりさんがクスクスと笑う。

彼女の言葉に笑みをこぼした僕は、そんなひよりさんへと自分の思いを伝えつつ同意した。

「僕も嬉しいよ。ひよりさんのこと、少しずつ知っていって、わかるようになるの……楽しいと思う」

「んっ……そっか。そう思ってくれてるんだね」

僕の言葉に一瞬ぽかんとしたひよりさんが、顔を赤くしながら言う。

柄じゃないことを言ってしまったなと少し後悔する僕へと、彼女は楽しそうに声を弾ませながら言ってきた。

「でも、まだ雄介くんが知らないあたしの情報はいっぱいあるからね！　好きなものも特技も、まだまだ教えてないしさ！」

「そうだね。誕生日とかもそうだし、身長も教えてもらってないもんね」

「おっ？　嫌味か、貴様っ⁉　自分がそんな背が高いからって調子に乗っちゃって……！　あ～！　今ので好感度下がりました～！　プロフィール埋めに一歩遠ざかりました～！」

「え～っ？　それ、厳し過ぎない？　もう少し甘めに判断してよ～！」

おどけながら、笑い合いながら、小さな彼女に合わせてゆっくりとしたペースで学校に向かう。

少しずつ、少しずつ……この時間を楽しみながら、ひよりさんのことを知っていけばいい。そう思いながら、僕は彼女と楽しく話を続け、学校へと続く道を歩き続けた。

（本当に面倒だな、スポーツテストって……）

あっという間に時間は過ぎて、今は四時限目、体育の授業。僕は今、朝にひよりさんと話していた通りスポーツテストを行っていた。

三回の授業に分けて行われるテスト。初回の今日は運動場を使っての五十メートル走、ハンドボール投げ、立ち幅跳び、ついでに握力検査を行うことになっている。

残りは体育館を使って行う種目と、みんな大好きシャトルラン。

誰もが思うことだが、ただ走ったり跳んだり投げたりするだけというのは意外にも面倒くさいものだ。

ただ、ありがたいことに僕たちのスポーツテストは、体育を担当する先生たちが総出でやってくれるおかげで意外とスムーズに進む。

早めに計測が終わったら教室に戻って自習していてもいいということもあって、僕たちは各々（おのおの）の記録用紙を手に、早めに面倒事を終わらせようと真面目にスポーツテストに取り組んでいた。

……の、だが——？

「尾上(おがみ)、どうしても気持ちは変わらんか？　なあ？」

「はぁ〜……」

これで何度目だよと思いながら、立ち幅跳びの計測を行っている砂場の横でため息を吐(つ)く。

熱心に話しかけてきているのは体育教師にして、バスケ部の顧問である田沼(たぬま)先生だ。

「前々から注目していたが、やはりお前の身体能力はピカイチだ！　その身長とジャンプ力があれば、すぐにでもうちのエースになれる！　尾上！　お前もバスケ部に入らないか⁉」

「入りません。何度も言ってるじゃありませんか、僕は家のことを優先したいんです。っていうか、もう行っていいですか？　僕、あと握力測定をやれば全部終わりなんで」

「待てぇい！　なあ、頼むよ！　お前のジャンプ力を見たら、どうしても欲しくなってしまったんだ！　一回だけでいいから！　ちょっと部活を覗(のぞ)きに来てくれ！　なっ？　なっ⁉」

どこぞの鬼みたいに勧誘してきた田沼先生は、そこからもなかなかしつこく話をしてくる。

正直、立ち幅跳びの計測担当としてここで待ち受けていた先生の顔を見た時から、嫌な予感はしていた。

でもまさか、計測の手伝いをさせるとかいう名目で教師の権利を乱用し、僕を逃げられないようにしつつ説得してくるだなんて、禁じ手にもほどがあるではないか。

田沼先生に捕まっていなければ、今頃教室でのんびりできていたのに……と、照り付ける日差しを浴びながらどんよりとしていた僕であったが、そんな僕たちへと声をかけてくる人物がいた。

「あの～、立ち幅跳びやるんで、距離を測ってもらっていいですか～？」

「あれ、ひよりさん？　まだ終わってなかったの？」

「あ～……うん。人が少なくなってからやりたくってさ……」

そう言いながら記録用紙を手渡してきたひよりさんが、背後の田沼先生をちらりと見た後で顔を寄せてくる。

一瞬、ドキッとしてしまった僕に対して、彼女は走ったせいかほんのりと上気させている頬をさらに赤く染めながら、少し恥ずかしそうに遅くなった理由を告げた。

「その、走ると結構揺れちゃうんだよね、胸が……流石に恥ずかしいから、あんまり見られたくなくってさ……」

「あ、ああ、なるほどね……」

体操服に包まれたひよりさんの大きな胸を見て、続けて恥ずかしそうな彼女の顔を見た僕は、落ち着かない気分のまま相槌を打つ。

制服よりも薄着に見える今の彼女は、確かに人の目を引く格好ともいえるわけで……そこであの胸が跳ねたりしたら、そりゃあ一層注目を集めてしまうだろう。

多分、中学時代もそんな感じだったんだろうなと考えながら、少しモヤッとした気分を抱いた僕は小さく咳払いをしてから彼女に言った。

「ま、まあ、安心してよ。ご覧の通り、ここはもう人なんて全然いないし、立ち幅跳びならそういう心配もいらないでしょ？」

「そうだね。でも、雄介くん的にはちょっと残念だったりするんじゃない？　五十メートル走だったらいいものが見れたかもしれないってさ」

「あ〜……ノーコメントで」

この場合、なんと答えるのが正解なんだろうか？

そう考える僕へと、ひよりさんははにかみながらこう続けた。

「いやでも最悪なのは反復横跳びだよね。女の子が計測してくれるからいいけど、見世物になってる気分だよ」

「うっ、う〜ん……」

ただ走るだけでも上下する彼女の胸が、ぴょこんぴょこんと左右に激しく動く反復横跳びを行ったらどうなるのか？　ちょっと考えた僕は、ひよりさんに申し訳なく思ってその想像を中断した。

あんまりそういう妄想をするのも良くないよな、と自分を律する僕に対して、ひよりさんが質問を投げかけてくる。

「そういえば、雄介くんの記録はどう？　結構跳べた感じ？」

「え？　あ〜……まあまあかな」

これから行う立ち幅跳びについて、ひよりさんが僕の記録がどうだったかと尋ねてくる。

曖昧に返事をした僕であったが、そこで急に田沼先生が話に割り込んできた。

「おいおい、謙遜するな尾上！　かなりの好記録だったじゃないか！」

「そうなんですか⁉　ちなみにどのくらい跳んだんです？」

「聞いて驚け！　立ち幅跳び、尾上の記録は……なんと、二メートル九十六センチだ！あと少しで三メートルだぞ！　お前もすごいと思うよな、七瀬⁉」

「に、にめーとる、きゅうじゅうろくせんち……⁉」

勝手に僕の記録を教えてしまった田沼先生の発言に、ひよりさんが目を丸くして唖然とする。

　さっさと計測を終えてしまいたかった僕が、余計なことをしてくれたな……と先生を恨む中、妙に笑顔な田沼先生は僕と肩を組み、顔を引き寄せながら得意気な表情を浮かべると、小さな声でこう言ってきた。

「見ろ、尾上！　お前の大記録を知った七瀬の顔を！　いつの時代もスポーツマンの男子は女子の憧れの的だ！　バスケットボールという花形スポーツで活躍するお前の姿を女子たちが見てみろ、楽しい学園生活待ったなしだぞ⁉　うちのマネージャーの中にも、お前に惚れる奴が出るかもしれんぞ～⁉」

「……先生、ご自身が教師として結構問題がある発言をしてるって自覚あります？」

　悪い人ではないのだろうが、変な人なんだろうなというのが僕からの田沼先生への印象だった。

　真っ向からの説得は無理と見て、僕に何らかのメリットがある形で勧誘を仕掛けてきたのだろうが、残念ながら僕は部活に入る気はさらさらない。

　上手いこと先生をスルーした僕は、固まったままのひよりさんに立ち幅跳びをさせるために、彼女へと促しの言葉を投げかけた。

「ひよりさんで最後みたいだし、さっさと測っちゃおう。そうすれば僕もこの役目から解放されるし、ひよりさんも早く戻りたいでしょ……って、あれ？」

「二メートル九十六センチ……！　ぐうう、なんか悔しい……！　ジャストあたし二人分じゃん……‼」

「えっ？　ひよりさん、身長百四十八センチなの？」

その呟きを聞いて思わず僕がそうこぼせば、ハッとしたひよりさんが慌てて両手で口を塞ぐ。

「っっ⁉」

どうやら、声に出していたつもりはなかったらしく、自分の身長を知られた彼女は僕を睨みつけるとヤケクソ気味に言った。

「そうだよ！　身長、百五十に届いてませんよ～だ！　チビで悪かったね！　チビで‼」

「いや、別にそんなこと言ってないって」

「あれか？　雄介くんは背が高いから、あたしがどんなにチビでも関係ないってか？　チビのくせに胸と尻だけはいい感じに育ったなとか、そんな感じか⁉　ええっ⁉」

「そんなこと思ってないから！　ストップ、被害妄想！」

「くっそぉ……‼　見てろよ！　この怒りをバネに、三メートル越えの大ジャンプを見せてやるんだから‼」

ビシィ！　と僕に人差し指を突き付けながら叫んだひよりさんが、砂場の縁に立つ。

腕を大きく振って勢いを付けながら、膝を屈伸してタイミングを取り、怒りに燃える般若(はんにゃ)の形相を浮かべて……自身の中で燃え上がる力を最大限まで振り絞った彼女は、まったくかわいくない叫びを上げながらジャンプし――

「ふんぬぅぅぅぅっ！　おっ⁉　ぬぅっ⁉　ふぎゃっ⁉」

――綺麗(きれい)に着地に失敗し、尻もちをついた。

「ぬぐぐぐぐ……！　いいジャンプだったのに……‼」

「ははっ！　気合いが空回ったな！　まあ、もう一回計測できるから、そっちは落ち着いて頑張れ！　尾上、今の記録の計測頼む！」

「わかりました」

ぷりぷりと怒りながらひよりさんが砂場を出たところで、僕は記録用紙とペンを手に飛距離の計測に向かった。

立ち幅跳びの場合、計測するのは砂場の中で最も手前に残っている跡だ。本来は踵(かかと)の位置をチェックするのだが、今回は着地した後でバランスを崩し、尻もちをついてしまったため、そちらが対象になる。

砂場に残るひよりさんのお尻の跡とメジャーの位置をチェックし、記録を確認しようとした僕であったが……そこでふと、こんなことを思ってしまった。

（……デカいな）

柔らかい砂場には、ひよりさんの尻もちの跡がくっきりと残っている。
手も付かずにそのまま勢いよく地面にヒップドロップしたおかげでできたそれは、砂場に埋まった彼女のお尻の大きさをこれ以上なくはっきりと表していた。
普段はスカートに隠れているし、そもそも意識して見ようともしなかったが……こうして見てみると、本当に大きい。
確かに自分でも大きいと自負しているものだと納得した僕は、記録を終えて残るその跡をトンボがけしようとしたのだが――？

「――雄介くん？　何をそんなにまじまじと見ているのかな？」

――背後から、修羅の声が聞こえた気がした。
人生で初めて殺気というものを感じ、驚いて振り返った僕の目に、先の怒りの形相を引っ込めて冷たい笑みを浮かべるひよりさんの姿が映る。

「記録、そんなにわかりにくかった？　ず～っと確認してたよね～？」

「い、いや、え、えっと、その、あの……」

さっきまでの怒りなど比較にならないほどの怒気が、僕の前で笑みを浮かべるひよりさんの全身から放たれていた。

その様子に焦る僕に対して、真顔になった彼女が言う。

「……見てたでしょ、あたしのお尻の跡。あたしの尻拓見て、『うわ～っ！　マジででっけぇ～！　身長百四十八センチのチビなのにこんなにケツがデカいの、マジで草なんだけど～！　っていうか、こんなデカケツだから着地もまともにできないくらいにバランス崩すんだろうな～！』とか思ってたでしょ⁉」

「い、いや、流石にそこまでは思ってないって‼」

「……そこまでは、ってことは、ちょっとは思ったんだ？」

「あっ……‼」

しまった、と僕が自分の失言を後悔した時には、もう遅かった。

握り締められたひよりさんの拳がぽかぽかと背中に降り注ぎ、僕は罵倒してくる彼女へと謝罪の言葉を連呼する羽目になる。

「雄介くんの変態！　尻フェチ！　ノンデリお尻星人‼　ば～か！　ば～か！　ば～～かっ！」

「痛い痛い痛い！　ごめんっ！　そ、そんなつもりはなかったんだけど、なんか目に留まっちゃって――！」

「無意識に人のお尻をデカいとか思うな‼　自分でネタにしたりチラ見されるくらいなら

いいけど、あんなまじまじ見られたら……流石に恥ずかしいんだからねっ⁉」

「仰る通りです！　本当にごめん！　許してください‼」

今回に関しては完全に僕が悪い。誠心誠意謝罪するしかない。

やがて、怒りと恥ずかしさに顔を真っ赤にしながら僕の背中を叩くのを止めたひよりさんは、頬を膨らませながら口を開いた。

「……購買のプリン、奢って。それで許してあげる」

「は、はい……！　許してくださって、ありがとうございます……！」

今回の失態を許してもらえるのなら、その程度は安いものだ。

腕を組みながらこちらを見つめるひよりさんと、そんな彼女に深々と頭を下げる僕という何とも面白い光景を目の当たりにした田沼先生は、大きく口を開けて笑いながら言う。

「はははははっ！　これが本当の尻に敷かれるというやつか！　まあ、つい目に留めてしまうくらいの尻なんだ。乗っかられてる尾上もなんだかんだで嬉しいんじゃないか？　あははははははっ！」

──前言撤回、この人は悪い人でも変な人でもなく、教師としてどころか人として、とんでもなく問題のある人だ。

その発言にひよりさんの機嫌がまた少し悪くなったことを感じる僕は、何があっても田沼先生が顧問を務める部活には入らないぞと、頭を下げながら固く誓うのであった。


「プリン、買って参りました。どうぞお納めください……！」

「うむ！　此度の失態、これに免じて許してやろうぞ！」

というわけで迎えた昼休み、僕は学校の屋上でひよりさんに貢物のプリンを献上していた。

若干ふざけても許してもらえるくらいには機嫌が回復したらしくて、安堵した僕はベンチに座る彼女の隣に座ると購買で一緒に買ってきたパンの袋を開ける。

「あれ？　雄介くん、お弁当じゃないんだ？　料理上手だったから手作りしてるのかなと思ったんだけど」

「普段は晩ご飯の余りものを詰めたりしてるんだけど、昨日はカレーだったからね。流石に無理だったから、今日はこれにしたんだ」

「あ～、そっか！　一緒に食べたのにうっかりしてたよ」

そう言いながら、菓子パンをもぐもぐと頬張るひよりさんを見ていた僕は、なんだか彼女がかわいらしい小動物に見えてしまって、少しだけ笑ってしまった。

ただ、これも失礼だと思われたら今度はプリンを奢るだけじゃ済まないだろうと考えた僕は、それを上手くごまかして買ってきたパンを食べ始める。

焦って食べたせいかちょっと喉に詰まらせてしまって、急いでお茶でパンを流し込んで一息ついた僕へと、ひよりさんはこんな質問を投げかけてきた。

「あのさ……さっき雄介くん、田沼先生からバスケ部に勧誘されてたよね？」

「ああ、うん。断ったけどね。あの先生、しつこいんだよなぁ……」

「そりゃそうでしょ。身長高めで運動神経もいい。それに目の前ですごいジャンプを見せつけられたら、バスケ部の顧問としては入ってほしくなっちゃうんじゃないの？」

「……そこまで評価してもらえてることは嬉しいけどね。でも僕は、中学でバスケをやめるって決めてたから」

僕の家には父親がいない。母はその分も頑張って仕事をしてくれているし、おかげで不自由を感じることなく生活を送れている。

だけど、弟である雅人と大我の将来を考えると、少しでも家計にかかる負担を減らしたいと思ってしまう。

部活動というのは、いつだってお金がかかるものだ。

バスケ部ならばユニフォーム代にチームで揃える練習着や定期的に履き替えるシューズ

や遠征のための交通費や合宿代、他にも色んな部分でお金がかかる。

一日ぶっ続けで練習する時には弁当だって必要だし、スポーツドリンクだって毎回のように持参しなければならないから、そこにかかる代金や手間も三年間でかなりのものになるだろう。

別に我が家にそんなお金がないというわけではない。しかし、二人の弟たちには進学が控えている。

雅人と大我が無事に高校に進学し、大学や専門学校に通いたいとなった時にかかる金額を考えたら、少しでも出費は抑えた方がいいはずだ。

「そのために、雄介くんは犠牲になろうとしてるってこと？」

「犠牲だなんて思ってないよ。僕にとって家族は何より大切な存在だし、長男として弟たちや母を支えるのは当然のことでしょ？」

僕のこの言葉に、想いに、嘘はない。父がいなくなってから、四人で支え合って生きてきた大切な家族だ。

その家族のためならば何でもできる。バスケットは大好きだったが、それでも母や弟たちの方が大事だ。

犠牲になってるなんて思ってない。これはしっかりと考えた上で納得して選んだ道だと僕がひよりさんに言えば、少し迷った後で彼女はこう言ってきた。

「でもさ……未練がないわけじゃないんでしょ？」

「……まあね」

ひよりさんの言う通り、バスケに未練がないわけじゃあない。今でも少し、コートとボールが恋しくなることはある。

でも……僕は納得して自分の道を選んだ。家族を支えることが今の僕の役目で、したいことだ。

「いっぱい、色んなものを抱えてるんだね。大変だ」

「そうでもないよ。それより、そう言うひよりさんこそ部活に入ったりしないの？」

「う～ん……今のところその予定はないかな。運動は得意じゃないし、文化部に興味もないしさ」

「マネージャーとかは？　ひよりさん、そういうサポートとか得意そうじゃん」

「……最初は中学と同じ、バスケ部のマネージャーになろうとしたんだけど……あんなことがあったから」

「ああ、そっか……」

バスケ部には江間（こうま）が所属している。もしもマネージャーになったりしたら、浮気（うわき）をした上に自分を捨てた元カレと毎日のように顔を合わせ続けなければならない。

そんなの最悪以外の何ものでもないだろうと考える僕へと、補足するようにひよりさんが言う。

「しかもさ、浮気相手の方はバスケ部でマネージャーやってるんだって。ほら、柴村二奈」

「えっ⁉　そうなの⁉」

「そうみたいだよ。道理であの馬鹿があたしを止めたわけだ。彼女と浮気相手が常に傍にいたら、気が休まらないもんね」

はぁ～……と、盛大なため息を吐くひよりさんに、どう言葉をかけるべきかよくわからなかった。

凹んでいる、というよりは呆れているみたいで、ショック自体はそこまでなさそうだが
……それでもノーダメージというわけではないのだろう。

「ごめん。僕のせいで嫌なことを思い出させちゃった」

「雄介くんは悪くないよ。元凶はあの馬鹿とその浮気相手だしさ……雄介くんには支えてもらって、励ましてもらってる。あなたがいなかったら、あたしは今でも立ち直れてないと思うし――」

と、そこまで話したところで顔を上げたひよりさんが、僕のことをじっと見つめる。

急に言葉を区切った彼女に見つめられて緊張してしまった僕が視線を泳がせる中、不意にひよりさんがこんなことを聞いてきた。

「雄介くんはさ……ご家族とか、あたしのことを支えてくれてるよね。大変じゃない？　誰かに甘えて、ゆっくりしたいって思ったりしない？」

「え？　ま、まあ、ないと言ったら嘘になるけど……」

「……そっか。じゃあ――」

唐突なその質問に対して、僕はしどろもどろになりながらも正直に答えた。

僕の答えに微笑んだひよりさんは、空になったプリンのカップを座っていたベンチに置くと、ゆっくりと立ち上がり……僕の方へと振り向いて、両腕を開く。

「……ん」

「……ん？」

僕の真正面に立って、両腕を開いて、ただ一言唸った彼女の行動の意味がわからなかった僕は、オウム返しのように同じ言葉を発した。

首を傾げ、ひよりさんに何をしているのかと視線で尋ねれば、微笑みを浮かべたままの彼女は静かにこう答える。

「甘えたいんでしょ？　ほら、おいでよ。あたしが、ぎゅ～～っ……って、してあげるから」

「ぎゅ、ぎゅ～っ……？」

「そう。抱き締めてあげる、ってこと」

再び、発言をオウム返しした僕へと、ひよりさんがいたずらっぽく笑いながら言う。

甘さと温かさ、そしてほんの少しの危険な香りを含ませたその声を聞いた僕は、顔を赤くして首を左右に振り始めた。

「いっ、いや！　そんなことしてもらう必要はないって！　あ、甘えるっていうのも、そういう意味じゃ――」

「恥ずかしがらなくていいじゃん。ここ、あたしたち以外誰もいないんだしさ」

「そ、そういう問題じゃあなくって……!!」

ぎゅっとする、抱き締める、ハグをする……言い方は色々あるが、その言葉たちを聞いて思い浮かべる光景はどれも同じだ。

自分が女の子と抱き合う姿を想像し、あり得ないとばかりにそれを拒もうとした僕であったが……ひよりさんはそんな僕の言葉を聞かず、距離を詰めてくる。

「残念だけど、あたしは雄介くんを甘やかすって決めちゃってるから。諦めて、ぎゅ～～

ってされちゃいなって」

「わ、わ、わ……っ⁉」

僕の腿に乗っかるように、ひよりさんがベンチの上に膝をつく。

自分の腰が僕の腹筋に当たるくらいに近付きながら、そのまま上半身を僕の体に預けるように寄り掛かった彼女は、唇が触れてしまいそうなくらいに顔を近付けると、微笑みを浮かべながら言う。

「あはっ！　この体勢なら、身長差も関係ないね！　普段よりずっと雄介くんの顔が近くにあるの、なんか新鮮だ！」

百八十センチを超える身長の僕と、百四十八センチのひよりさん。その間には三十センチ以上の差があって、普段は隣に並んでもその身長差が思っている以上の距離を作り出していた。

ただ、今は……腿の上に座る彼女と僕との間には、普段存在している身長差がなくなっている。

今まで見たことないくらいに近い距離で、真っすぐにひよりさんに見つめられた僕が一層顔の赤みを強める中、彼女は僕の首に腕を回してきた。

「ほら、雄介くんも恥ずかしがらないで」

「あ、えっと……」

ふにっ、と空いている方のひよりさんの手が、僕の頬に触れる。

楽しそうに、嬉しそうに笑う彼女にそう言われた僕は、おずおずとしながら自身の手をひよりさんの腰と背中に回し、ほんの少しだけ力を込めた。

「んっ……！　うん、いいね。じゃあ、お待ちかねの～……ぎゅ～っ！　ってする時間だ！」

「あっ……!?」

そう言いながら、ひよりさんが僕の頬を押し、顔を傾かせる。

空いたそのスペースに自分の小さな顔を押し込んだ彼女は、僕の左肩に顎を乗せると腕に力を籠め、優しく強く抱き締めてくれた。

「ふふっ……！　おっきいなぁ……あたしが抱き締めるはずが、雄介くんに包み込まれちゃってるよ」

体勢で身長差は埋められても、体格差を埋めることはできない。

僕の腕の中にひよりさんの小さな体はすっぽりと収まってしまっていて、確かに彼女の言う通り、僕がひよりさんを抱き締めているように見えるだろう。

だけど……僕の中では、真逆だった。

身長百五十センチにも満たないこの小さな女の子に全てを預けているような……そんな気持ちになっている。

「えへへ……！　雄介くん、動いちゃダメだよ？」

「っっ……!?」

ほんの少しだけ体を離したひよりさんが、声に意味深な色を含ませながらそう囁く。

僕の後頭部を押さえ、自分の側に引き寄せた彼女は、抵抗しない僕をなすがままに自身の胸の内へと誘う。

優しく頭を抱き締められた僕は、ふわりとした柔らかさと温もりを感じ、目を細めた。

柔らかな日差しに照らされているような温かさを感じる僕は、次第にその心地よいまどろみへと身を預けていく。

「よしよし……雄介くんは偉いね。お母さんや弟くんたちのために頑張ってる。すごくいい子だ。それに、とっても優しい。ただのクラスメイトだったあたしのこと、いっぱい心配してくれて……傍で支えてくれたよね。ありがとう。本当に、感謝してるよ」

「ひより、さん……」

「だから、ね……甘えたい時は、いっぱい甘えていいんだよ？　大変なこともモヤモヤする気持ちも、無理して抱えないでね？　苦しくなったら、いつでもこうしてぎゅ～～っ……って、するから。ほら、リラックスして。今はあたしに、ぜ～んぶ預けちゃえ……！」

「…………」

優しく頭を撫でられる度に、耳元で甘い声で囁かれる度に、心をほぐすような温もりと柔らかさを感じる度に……ひよりさんに全てを包まれていることを強く感じる。

こんなに小さいのに、大きな僕の全てを受け入れて、抱き締めてくれていて……純度百パーセントの優しさが心に染み込む度に、僕が感じる安らぎは強くなっていった。

素直に、自然と、心の底から……幸せだと思えた。

こんなにも想われて、感謝されて、抱き締めてもらえる。多分、世界で一番幸せな時間を過ごしているんじゃないかなと思いながら、僕はまどろみとひよりさんに心を沈めていく。

こうして彼女に抱き締められ、包み込まれる時間は、とても安らげる一時だった。

面倒な田沼先生からの勧誘も、心の中のモヤモヤも、抱えていた疲労も……日なたに置かれた氷のように、ゆっくりと溶けてなくなっていくことを感じる僕は、どれだけの時間をこうして過ごしたのかわからない。

ふと気が付けば、昼休みの終わりが近付いていることを告げる予鈴が鳴っていた。

それを耳にして目を開き、顔を上げた僕へと、優しい微笑みを浮かべたひよりさんが言う。

「……時間、来ちゃったね」

「ああ、うん……そろそろ教室、戻らないと……」

「ふふふ……っ！　名残惜しい、って顔してるよ？　もう少し、あたしにぎゅ～ってしてほしかった？」

「うっ……」

ひよりさんの言う通りだ。僕はこの時間が終わってしまうことを名残惜しく思っているし、彼女の背中と腰に回した腕を外せずにいる。

それでも、ひよりさんを困らせるわけにはいかないと自分を律して彼女を放せば、ひよりさんは嬉しそうに笑いながらこう言ってきた。

「なんかちょっと……ううん、結構嬉しいかも。雄介くん、思ってたよりずっと喜んでくれてるみたいだしさ」

「……お恥ずかしながら、すごくリラックスできました……」

「あはっ！　本当にかわいいんだから、もう……‼」

温かさとか、柔らかさとか、安心感とか、その全てが心を落ち着かせてくれた。

感想を話したら気持ち悪いだろうし、そもそも恥ずかしくってそんなこと言えるはずがない僕は、顔を赤くしながらもひよりさんに感謝することしかできない。

「……本当にありがとう。急でびっくりしたけど、おかげで色々すっきりした」

「ふふふっ！　気にしないで！　これは頑張ってる雄介くんへのご褒美と、お世話になってるお礼みたいなものだからさ！」

そう言ってベンチから立ち上がったひよりさんに続き、僕も一つ深呼吸をしてから立ち上がる。

午後の授業どころか、向こう一か月くらいは頑張れるだけの元気を貰っちゃったなと苦笑する中、指を鳴らしたひよりさんがもったいなさそうな表情を浮かべながら口を開いた。

「しまったな～……このシチュエーション、世の男の子たちが憧れる『大丈夫？　おっぱい揉む？』の台詞を自然に言える状況だった～！」

「あははっ！　流石にその言い方だったら、もっと必死に遠慮してると思うよ」

「知ってる。そこで軽々しく乗るような男の子だったら、そもそもこんなことしてないもん」

これは信頼してもらえてる……ってことでいいんだろうか？

色んな意味で大きい彼女の掌の上で転がされてる気がしなくもないが、こうして温かさとお茶目さ、そして信頼を入り混じらせた笑みを向けてもらえることは、素直に嬉しかった。

「あ、でも、ちょっと心配してたよ！　雄介くんがあたしを抱き締める時、どさくさに紛れてお尻を鷲掴みにするんじゃないかな〜、って！　雄介くん、お尻大好きなお尻星人だもんね！」

「その不名誉なあだ名、止めてもらえる!?　っていうか、そんなことしないってば!!」

屋上から校舎に入って、階段を降りる頃には普段通りのやり取りをする僕たちに戻っていた。

だけれども……僕の心の中では、ひよりさんとの関係をただの友達と言っていいのかわからないでいる気持ちも生まれている。

今までの人生において、彼女なんてできたことのなかった僕だけど……多分、ただの女友達とはあんなハグなんてしない。

だとしたら……最低な形で浮気され、恋人にフラれる現場を見てしまってから始まった僕たちのこの関係に相応しい表現は何なのだろうか？

そんなことを考えながら、僕はハグをする前よりずっと近くに感じるようになったひよりさんの笑顔を見つめて、自分もまた微笑みを浮かべるのであった。

「よ～しひでっ！　スポーツテストお疲れ様っ！」

「おお……！　二奈(にな)か、お疲れ」

　午後の授業、面倒なスポーツテストを終えて自分のクラスに向かっている最中、腕をぐいっと引っ張られて物陰に連れ込まれた俺は、美少女の甘い声を聞いて頰を緩ませる。

　俺の目の前にいる美少女、ロングの黒髪を靡(なび)かせながら笑顔を見せるその女子こそが、つい先日俺の正式な彼女になった柴村(しむら)二奈だ。

　今まではひよりに隠れて付き合う二番目の彼女だったが、あいつが俺から離れている今は、二奈が繰り上がりで一番目の彼女ってことになる。

　俺がひよりと別れたこと……つまりは、あいつに浮気がバレたことは二奈も知っているが特に焦(あせ)っている様子もなく、むしろ邪魔者が消えてすっきりしたとばかりにそのことを喜んでくれていた。

「流石の成績だよね。仁秀(よしひで)は運動神経抜群だし、クラスの女子たちから注目されちゃうだろうな～……！　彼女として、ちょっと嫉妬しちゃうかも」

「ははっ！　別に大したことはしてねえよ。ただ走ったり跳んだりしただけなんだからさ。

女子たちも特に注目してなかっただろ？」

「それでもやっぱり不安だな～！　私の彼氏は、すごく格好いいからさぁ……!!」

囁くような声でそう言いながら、媚びるような笑顔を向けてくる二奈の言動に、俺は痺れるような喜びを感じる。

そう、これだ。かわいい女の子から熱烈に愛を向けられている実感。彼氏彼女という言葉が飛び交う、自分たちは付き合っているんだと思えるような会話。ゾクゾクとしたこの感覚が、俺が求めていたものなんだ。

ひよりと付き合っていても味わえなかったこの喜びを、二奈は何度も感じさせてくれる。

恋人してるっていうか、これまでも浮気相手として甘えた態度を見せてくれていたが、正式な彼女として昇格した今はそれに輪をかけて俺へのアプローチがすごいことになっている。

この調子なら、すぐにでもヤらせてもらえるかも……!?　と、二奈に甘えられながら以前胸を揉ませてもらった時に言われた「高校生になったらもっとすごいことをさせてあげる」という言葉を思い返すと、ついつい頬が緩んでしまう。

まあ、胸のサイズ的には少し物足りないが、決して二奈もないわけではない。規格外のひよりの爆乳に慣れてしまったせいで相対的に小さく感じてしまうというやつだ。

それに、二奈にはひよりほどの胸はないが、それ以上に素晴らしい部分がある。

そんな俺の思いを見抜いているかのように、二奈は近くの廊下を歩く同級生たちに聞こえないようなひそひそ声でこう言ってきた。

「仁秀はモテるよね〜……！　バスケ部でも期待のエースって言われてるしさ〜。今年のマネージャーが多いのも、仁秀目当ての子がいっぱいいるからだもんね。まあ、私もその一人なんだけどさ！」

自慢じゃないが、俺はモテる。中学時代からバスケ部ではエースだったし、顔も悪くないという自負があった。

中学時代は幼馴染のひよりがいたからこそ、周囲の女子たちはあいつに遠慮して俺に声をかけてこなかったが……あいつとの関係を知らない者が多数の高校に入学してからは、そういった縛りからも抜け出すことができている。

いい感じに身長が高いスポーツマンで、運動神経は抜群！　顔もイケメンだし、性格もいいし、コミュ力だってある俺に、人気部活のバスケ部でエースとして期待を寄せられているという肩書まで付けば、女子たちが意識するのも当たり前だ。

既に十人ほどの女子たちから連絡先を聞かれているし、その中でかわいいと思った子には、二奈に包み隠さずに報告した上で連絡先を交換している。

「俺の一番は二奈だよ。今のところは、な。ただ、これから先、好みの女の子にアピールされたら、目移りしちゃうかもな～！」

「ふふふ……っ！　大丈夫、わかってるから。私は仁秀に捨てられた情けない元カノとは違う。幼馴染って関係に胡坐(あぐら)をかいて、仁秀を全然楽しませてあげられなかったあのチビとはね。誰が何をしようとも……私が仁秀を夢中にして、離れられないようにしてあげる♥」

（うっひょ～～っ！　これこれぇ！　これだよなぁ‼）

ちょっと危険な雰囲気を漂わせながらの、甘～い二奈の囁(ささや)き。

執着というか、プライドの高さというか、俺が浮気を匂わせてもそれを拒むどころか受け入れて、その上で一番になってみせるという二奈の言葉に、俺はどうしようもなく興奮してしまっていた。

最低と吐き捨てて去っていったひよりとは違う。堂々としているというか、俺への想いを貫いているというか……愛する男の全てを受け入れる度量の深さと嫉妬心の強さの両立こそが、俺が二奈に夢中になる大きな理由だった。

「ほら、おっぱいの大きさしか取り柄のないチビでブスな女のことなんてさっさと忘れちゃいなよ～……！　かっこいいところを見せてくれたら、好きなだけ揉ませてあげるからさ……‼」

「おぉぉぉぉ……っ⁉」

俺の左腕を抱き締め、胸の谷間に腕を……挟むことはできなかったが、まあ押し当てることはできた二奈が耳元で囁いてくる。

この刺激！　腕に伝わる柔らかさ！　特別な関係の男女にしか許されない体験！　全てが最高だ‼

（どうだ、尾上？　お前も背中にひよりのデカパイを当ててもらえて喜んでるんだろうが、そんなの大したことねえんだよ！）

心の中で尾上に勝ち誇りながら、空いている右腕を見つめてニヤリと笑う俺。

いずれはこっちの腕にひよりを抱き着かせて、あの爆乳の間に右腕を挟んでもらおうと……いや、もっと多くの女の子に囲まれるハーレム王となった俺の姿を尾上に見せつけてやろうと決めた俺は、愉快な気持ちのままに浮かべている笑みを強めた。

「……そろそろ、教室に戻ろっか？　いつまでもこうしてると、誰かに見られちゃうかもしれないしね」

「あっ……‼」

俺の左腕を解放した二奈が、そっと俺の背中を押しながら言う。

もう少しあの柔らかさを味わっていたかったが仕方がない。これから先のお楽しみとして取っておくことにしよう。

(ひよりが戻ってきたら、二奈と俺の奪い合いをするんだろ？　そしたら……へへへっ！)

涎が垂れそうになる幸せな展開を想像した俺は、二奈と時間を空けて教室に向かうことにした。

二奈と付き合っていることがバレたら、俺にアプローチを仕掛ける女子たちが減ってしまう。そんなもったいない事態を避けるためにも、注意を払わなければ。

高校入学と同時に訪れたモテ期を、二奈との甘い時間を、俺は存分に楽しむと決めている。

女子の胸一つも揉めない尾上と違う、最高の学園生活を送るのだと……数日前の嫌な思い出をすっかり忘れた俺は、有頂天になりながらスキップで教室へと向かうのであった。

第三章　ひよりさんと連絡先を交換しよう！

「あ～！　ひよりちゃん、本当にいい子だったわね～！　うちにも一人くらい女の子がいれば良かったのにな～！」

「母上、その話何度目？　何度目イズその話？」

ある日の夜、風呂から出てリビングに戻った僕は、上機嫌に語る母とその話を聞いてげんなりとしている雅人の姿を見て、苦笑を浮かべた。

二人の会話を無視して筋トレをしている大我に風呂が空いたことを伝える中、母が僕へと声をかけてくる。

「雄介！　ひよりちゃんって、次はいつ来るの？」

「わかんないよ、そんなの。前回も流れで急に決まったし、あっちだって気軽に遊びに行きたいなんて言えないでしょ」

「だったらこっちから誘えばいいじゃない！　今度、焼肉パーティーをやるから、良かったら遊びに来ないかって誘いなさい‼」

「「焼肉だってっ⁉」」

自宅では臭いが付くから滅多にやらない焼肉パーティーの開催宣言を聞いた弟たちが過敏に反応する。

そのまま、焼肉が食べられる歓喜のダンスを踊り始めた二人を見やりながら、ため息を吐いた僕は母へと言った。

「わかったよ。じゃあ、明日学校で聞いてみる」

「え……？　なんで明日なのよ？」

「いや、そりゃそうでしょ。話ができるのが明日なんだから」

「今、聞けばいいじゃない！　電話でもラインでも方法なんていくらでもあるでしょ⁉」

「無理だよ。だって僕、ひよりさんの連絡先、知らないもん」

僕がそう言った途端、喜びの舞を踊っていた雅人が真剣な表情を浮かべながら叫んできた。

「ダニィ⁉　雄介、それマジか⁉」

げんなりしたり喜んだり驚いたりと忙しい奴だなと思う僕へとすごいスピードで近付いてきた雅人は、信じられないといった様子で疑問をぶつけてくる。

「なんで知らないんだよ⁉　今時、ラインの交換なんて誰だってしてるだろ⁉」

「しょうがないだろ。ひよりさんと友達になったのはほんの数日前のことだし、それまでは特に話す機会もなかったんだからさ」

「ええ……!? たった数日であんなに仲良くなってんの？ そっちのがびっくりなんですけど……？」

確かにまあ、友達になった翌日に家に招待したり、名前で呼び合ったりするような関係になっているというのは、考えてみると進展が猛スピード過ぎるかもしれない。

家族には言っていないが、抱き締めてもらったりもしたわけだし……そう考えると、連絡先を知らなくて驚く弟たちの反応は正常だと思えてきた。

「ちなみに、そういう話になったことはないの？ 電話番号教えてとかさ」

「……ない、かな。あんまりそういう話はしてないや」

大我の質問に対して、少し考えた後でそう答える。

そもそも、仲良くなったきっかけがひよりさんが彼氏に浮気(うわき)され、ひどいことを言われている現場に僕が居合わせたということを僕の家族は知らない。

かなり特殊なきっかけというか、普通はこんなことあり得ないよな……という展開だからこそ、僕とひよりさんの関係性の奇妙さが気になるのだろう。

ここまで僕たちの話を黙って聞いていた母は、うんうんと頷(うなず)いた後で口を開き、僕へと言った。

「雄介……それ、ひよりちゃんはあんたから連絡先を聞かれるのを待ってるんじゃない？」

「え……？」

「考えてみれば、名前で呼び始めたのもあの子からだし、家にもひよりちゃんの方から遊びに行くって言ったのよね？　つまり、あんたは常に受け身の状態。ひよりちゃんからすれば、あんたが本当に自分と仲良くなりたいのかわかんないわけでしょ？」

「つまりあれか。雄介にその気があるのなら、自分から連絡先を聞きにこい！　ってやつだ」

「な、なるほど……」

母からのアドバイスを聞いた僕は、その話は的を射ているんじゃないかと思った。

ひよりさんが僕を試しているというと聞こえが悪いが、そういった行動をするというのは何も変な話ではない。

ひよりさんは、幼馴染であり彼氏として付き合ってもいた江間に浮気され、手ひどく裏切られた。

別れ際のやり取りやその後に判明したこと、そしてこれまでの付き合い方を振り返ったひよりさんは、江間が自分のことを都合のいい相手くらいにしか思ってなかったことに気付いたのだろう。

折角、恋人になったというのにその直後に他の女の子に浮気され、自分たちの関係性をひた隠しにするために周囲には付き合っている素振りを見せるなと指示され、その通りにしていたら浮気カップルにその全てを利用され、あっさりと捨てられた。

……いや、違う。あっさりと捨てられたのではなく、胸を揉ませてくれれば関係を見直すという屈辱的な扱いを受けた。そして、裏切られ続けていた。

江間にとって優先すべきは浮気相手の方で、ひよりさんは都合よく楽しませてもらえる体だけの関係にできたらいいなという考えが彼の言動から透けて見えている。

その直後に友達になった僕に対して、江間にされた仕打ちを重ねて警戒するのは当然のことで……最低限、相手からのアクションというか、アプローチが欲しいと思うのも当たり前のことだろう。

僕はひよりさんと仲良くなりたいし、もっと彼女の笑顔を見たい。この気持ちが本物なら、いつまでも受け身ではダメだ。

もちろん、この考え全てが間違っていて、連絡先を聞いた時に気持ち悪がられて断られる可能性もあるだろうが……傷付くことを恐れていたら、何も変えられない。

そこから先、どんなふうに関係性を発展させていくかとかは今は考えなくていい。

今はただ、僕の気持ちを行動という形でひよりさんに示すことを第一に考えよう。

「……わかった。明日、聞いてくるよ。焼肉パーティーに都合のいい日も、連絡先もさ」

珍しくそう言い切った僕に驚いたのか、弟たちが目を丸くして声を漏らす。

「「おお……っ!?」」

母は、そんな僕を見つめながら微笑むと……静かにエールを送ってくれた。

「頑張ってきなさい、雄介。大丈夫よ。あんたは、母さんの息子なんだから！」


「おはよう、ひよりさん。ちょっといいかな？」

「おはよ、雄介くん。どうかした？」

朝一番、ひよりさんが登校してきたタイミングで声をかけた僕は、挨拶の後で早速本題に入った。

ポケットに入れたスマホを強く握りながら、焦りや緊張を感じさせないように振る舞いつつ、僕はひよりさんへと言う。

「実は、うちの母親が今度焼肉パーティーをやるから、ひよりさんを誘えって言ってきてさ……嫌じゃなければ遊びに来てほしいんだけど、どう？」

「えっ⁉　いいの⁉　行く行く！　真理恵（まりえ）さんにも楽しみにしてますって伝えておいて！」

「ははっ、良かった。母さんも喜ぶよ……で、こっちが本題なんだけど――」

「へ……？」

　今の話はあくまで前座。バスケでいえば、パスを受け取っただけだ。

　家族からの後押しを受けて覚悟を決めた僕は、シュートを決めるためにポケットの中で握り締めていたスマホを取り出し、ラインを開いてひよりさんへと差し出す。

　そして、驚いた様子で僕の顔とスマホを交互に見つめる彼女へと、言うべきことを言った。

「――連絡先、教えてもらえないかな？　こっちも、ひよりさんが嫌じゃなければだけど」

「えっ……⁉」

　既に驚いていたひよりさんの表情が、さらに驚きの色に染まる。

　目を見開き、声を漏らして、予想外という言葉が顔に書かれているくらいに驚く彼女の反応を目（ま）の当たりにしながら、この後でどう転がるかと僕が緊張に固唾（かたず）を呑む中、同じく息を呑んだひよりさんが興奮気味にこう答えてくれた。

「いっ、嫌じゃないよ！　っていうか、あれだ！　まだ連絡先、交換してなかったんだね⁉　完全に忘れてた！」

「あはは。実は僕もそうなんだよね。昨日、気付いたんだ」

声を上ずらせながら鞄（かばん）からスマホを取り出し、それを操作するひよりさんはとても動揺しているように見えた。

それ以上に心の中では僕の方が落ち着いていないのだが……それを必死で押し殺しながら、彼女が表示してくれたＱＲコードを自身のスマホに読み込ませる。

「これで大丈夫かな？　ちょっと送ってみるね」

「う、うん！　……あっ、来た来た！」

ひよりさんのアカウントを友達登録し、メッセージを送る。

そうすれば、すぐに既読の通知が出ると共にかわいいスタンプが返信として送られてきた。

無事に連絡先を交換できたことを喜び、僕が笑みを浮かべる中……不意にクラスの女子たちがひよりさんへと声をかけてきた。

「おはよ～、ひより。何してんの？」

「あっ、お、おはよ！　ちょっと今、雄介くんと連絡先の交換をしてて……」

「えっ⁉　なになに⁉　連絡先の交換⁉　どっち⁉　どっちから言い出したの⁉」

「っていうか、雄介くん⁉　ひより、いつの間に尾上くんとそんな関係になったわけ⁉　もしかしてもう付き合ってたりすんの⁉」

「あっ、いや、そうじゃなくって！　えっと、その～……」

不意打ち気味に質問されたせいか、ひよりさんは色々と不用意な回答をしてしまったようだ。

その一言から色んな妄想を膨らませる友人たちに何をどう説明したらいいのかと若干パニック気味になっている彼女に助け船を出すべく、苦笑を浮かべながら僕が口を開く。

「付き合ってるだなんて、そんなんじゃないよ。そもそもそういう関係なら、こんなタイミングで連絡先を交換することないでしょ？」

「え～っ？　でも、だったらどうして雄介くん、なんて呼び方してるわけ？」

「少し前に家族と一緒にいる時に、ひよりさんとばったり出くわしたんだよ。結構長く全員で話すことになったんだけど、ひよりさんは優しいからさ。ちゃんと弟たちも名前で呼んでくれて……その流れで僕も名前で呼んでもらえるようになったわけ」

「そうなの？　それでも怪しいなぁ……！　っていうか、尾上くんもひよりのこと名前で呼んでるじゃん！　やっぱ怪しい‼」

「まあ、そうかもね。でも、相手が名前で呼んでくれてるのにこっちは頑なに苗字で呼び続けるのって、なんか壁を作ってるみたいで嫌じゃない？　僕とひよりさんはただの友達だけど……もっと仲良くなりたいから名前で呼ぶし、そのために連絡先も交換したいなって思って、そうしてるだけだよ。本当にただ、それだけ」

こういう時は、相手に何を言われても自然体でいるのがいい。僕が尊敬するＮＢＡの選手も、相手のトラッシュトークに反応せずに己のプレイを貫き通していた。

認めるところは認めて、そうじゃないところは否定する。同時に、ひよりさんのプライドに関わる部分はぼかして話しながら自分の素直な気持ちを述べれば、女子たちは「おお～っ！」と感心したような反応を見せてくれた。

「な、なんか、尾上くんって結構押せ押せで攻めるタイプなんだね……！　ちょっと意外かも……⁉」

「ひより、気を付けなよ！　うっかり隙を見せたらガッツリ襲われて、美味しくいただかれちゃうかもよ⁉」

「ゆ、雄介くんはそんなことしないって！　っていうか、からかい過ぎ‼」

「あ～っ、これもう落ちてるわ～！　おめでとうございます、尾上くん。ひよりはあなたのものです。おっぱいも揉みまくってやってください」

「でもひよりのおっぱい、略してひよパイだけが目的だったとしたら……どうなるかわかってるよね？」

「ははは！　揉まないし、わかってるよ。ひよりさん、友達から大切に思われてて良かったね」

「む～っ……！　なんか言い方が気に障るんだけど！　お母さんみたいなこと言っちゃってさ～！」

頬を膨らませながら怒るひよりさんに軽く謝りながら、微笑みを浮かべる。

想像していたよりもずっと騒がしい連絡先交換になってしまったが、目的を達せられたことを僕は心の底から喜ぶのであった。


「あ～、ダメだ。嬉し過ぎて顔がニヤニヤしちゃう……！」

全身を包むお湯の温もりと、体の内側に広がる幸せな気持ちについついニヤけてしまうあたしは、お風呂の中でそう呟きながら天井を見上げた。

物心ついた時からあまり広さが変わっていないお風呂の湯船に肩まで浸かりながら、浮かびそうになる胸を軽く押さえるあたしは、今日の出来事を振り返っていく。

「もっと仲良くなりたい、か……えへ、えへへへへ……！」

今朝、雄介くんが言っていたのと同じ言葉を口にしたあたしは、その瞬間にまた自分の内側で温かい幸せの波が広がることを感じて、つい笑ってしまった。

雄介くんの方から連絡先交換を申し出てくれたことも嬉しかったが……それ以上に、彼がその後に言ってくれた数々の言葉が、あたしにとっては本当に嬉しいものだったりする。

友達に問い詰められて慌ててた時、雄介くんは上手いことあたしが仁秀に浮気されていたことやそこにつながる出来事をごまかして話してくれた。

その上で、あたしと仲良くなりたいと思っていると、彼女たちに言ってくれたことが、本当に本当に嬉しくて仕方がない。

ただの幼馴染、それ以上でもそれ以下でもない……仁秀の口から何度も聞いた言葉だ。

それが事実だったこともあったが、一年前からほんの少し前まではあたしたちは恋人で、ただの幼馴染ではなくなっていた。

だけれども、仁秀はあたしと付き合ってからも友達にからかわれたくないからとそれを公表せず、今まで通りのただの幼馴染として振る舞い続けた。

付き合うなんてあり得ない。友達以上の関係になんかなりっこない。本当にあいつだけはない。色んな形で仁秀はあたしとの関係を否定したし、あたしもあいつがそうしたいならとただの幼馴染であると周囲に言い続けていた。

でも、いつかは……いつか、何かのきっかけがあったら、あいつもあたしと付き合っていることを周りに言って、普通の恋人としての関係を作っていけるはずだと、あたしは信じていたんだ。

その日まではあたしが我慢すればいい。仁秀がそうしたいなら、あたしが支えてあげればいいんだと……そう思って、関係性を否定され続けて、それでも一緒の高校に通えることになって、さあこれからだってところで……仁秀が浮気していることを知ってしまった。

仁秀はあたしを裏切り続けていて、体と顔にしか興味がなくて、それを許してくれた柴村に完全に心が傾いていて……捨てられたくなかったら胸を揉ませろとまで言ってきた。

それでわかったんだ。あいつにとってあたしは都合のいい女で、別に好かれてなかったんだってことに。

あいつが言い続けてきた、「ただの幼馴染でしかない」って言葉は……紛れもない真実であり、仁秀の本心だった。

仁秀にとってあたしは、「なんか告白されたから付き合って、最終的にヤれれば最高」程度の相手でしかなかったんだってことを理解した瞬間、堪らなく苦しくなって、悔しくって、泣きたくなって――

――もしもあの日、雄介くんが追いかけてきてくれてなかったら、大変なことになってたと思う。

自暴自棄になって馬鹿なことをやったか、引きこもりになって鬱々とした気分のまま膝を抱えていたか……そんなふうになっている自分が簡単に想像できた。

「雄介くん……」

優しくしてくれて、励ましてくれて、支えてくれた。

いっぱい笑わせてくれて、ご家族も温かいいい人たちで、仁秀に裏切られてからまだ一週間も経ってないというのに立ち直ったあたしが以前とほとんど変わらない日常を過ごせているのは、間違いなく彼のおかげだと思う。

その彼が、言ってくれたのだ。あたしと仲良くなりたいから、連絡先を知りたいと。

友達の前で堂々とそう言った彼の言葉を聞いた時……あたしは本当に嬉しくて、心臓はドキドキと高鳴っていた。

付き合っていることを隠していた仁秀と違って、雄介くんは友達であることを踏まえながらもちゃんとあたしと親密になりたいと宣言してくれたんだ。

そして、そのために必要な行動を自ら取ってくれた。連絡先を聞いて、また家に遊びに来てほしいと言ってくれた。

考え過ぎかもしれない。都合のいい妄想も入っていると思う。

だけど……自分の好意をちゃんと伝えてもらえることに、それを臆さずに誰かの前で曝(さら)け出してもらえることに、あたしはどうしようもなく嬉しくなって、心がときめきっぱなしになっていた。

もしかしたら雄介くんのあの行動は、あたしを気遣ってのものかもしれない。

だとしても、すごく嬉しい。だってあたしが望んでいることを、彼は理解して実行してくれたってことなんだから。

そうじゃなかったとしても……それはそれでとても嬉しい。

雄介くんが純度百パーセントの思い遣(や)りと愛で、あたしと仲良くなりたいって言ってくれたということになるから。

「あぁ～……！　ダメだ。あたしもう、完全に落ちてる……!!」

友達が言っていたことは正しい。あたしはもう、完全に雄介くんのことが好きになってる。

だけど、仁秀と別れたばかりでこの好意を彼に伝えることは、なんだか申し訳ないから躊躇(ためら)われた。

……もちろん、仁秀を引き摺っているというわけじゃない。

今、こんな状況であたしから告白されても、雄介くんが困るだけだってことがわかっているという意味だ。

あたしが雄介くんのことが本気で好きなのか、それとも仁秀の代わりにしようとしているだけなのか、雄介くんには判断ができない。

それに、優しい彼がもしかしたら自分は女の子の心が弱っているところを上手く突いてこんなふうにしたのでは……と考えて、思い悩む姿が容易に想像できた。

だから今はいい。しばらくは友達のままでいよう。

あたしだって、雄介くんとは仲良くなりたいと思っている。少しずつお互いを知っていって、距離を縮めて、そうした後で仲良くなったきっかけを忘れるくらいの時間を重ねたら……その時に、この想いを伝えればいい。

そんなふうに考えたあたしは今、彼と仲良くなるきっかけ……つまりは、雄介くんからのメッセージを待っていた。

今夜、連絡すると言われたあたしは帰宅してからもずっとそわそわしっぱなしで、お風呂にまでスマホを持ち込むくらいに彼からの連絡を待ち侘びている。

こっちからメッセージを送ろうかとも思ったが、今回は折角雄介くんが動いてくれたのだ。最後まで彼に主導権を握ってもらいたい。

というわけで長風呂を続けていたあたしは、待ち望んでいた通知がスマホの画面に表示されたことに満面の笑みを浮かべる。


【こんばんは】

【届いてますか?】


少し他人行儀な最初のメッセージを見たあたしは、その文章が実に彼らしいなと思った。

多分だけど、色々と考え過ぎた結果、滅茶苦茶シンプルな文章になったんだろうな……という雄介くんの思考を読み取ったあたしは、笑いながら返信を打つ。


【届いてるよ~!　安心して!】

【良かった】

【今、暇?】

短いメッセージを何度も送ってくるところから、雄介くんの慣れてない雰囲気が感じ取れる。
女の子とのメッセージのやり取りに緊張してるんだろうなと思いながら、あたしは悪戯を兼ねてこんな返信を送ることにした。

【暇だよ〜！】
【お風呂入ってるけどね‼】
【また改めて連絡します。ごめんなさい】
【わ〜わ〜！　気にしないでいいって！】
【何だったら通話してもいいくらいだよ！】
【僕が良くないです……】
超高速で返ってきた敬語でのメッセージを読んで、声を上げて笑う。

からかい甲斐があるというか、本当に予想通りの反応を見せてくれるというか、面白くて仕方がない雄介くんとのやり取りを楽しみながら、あたしは彼へと話題を振っていく。

【焼肉パーティーの話だけど、あたしはいつでも大丈夫だよ！】

【両親、帰って来ない日が多いからさ。平日なら基本ＯＫだってご家族に伝えておいて！】

【了解です】

【母さんも予定日が決まったら全力で仕事片付けるって言ってる】

【無理はしないでくださいって、真理恵さんに伝えて！】

【「ありがとう！」って、母さんが言ってる】

【みんな近くにいるんだ？　何してるの？】

【弟たちは踊ってる】

【兄貴が女の子とラインやれてることを祝福する踊りだって】

【良かったね！　滅茶苦茶愛されてるじゃん！】

【多分、馬鹿にされてると思うんだけどな……】

こうして文章でやり取りしているだけで、今の雄介くんの家の様子が目に浮かんでくる。

多分、ご家族全員で雄介くんをからかいながら、温かい目で彼のことを見守っているんだろうな……と、楽しい家族の姿を想像してクスクスと笑ったあたしが、それについて返信しようとした時だった。

【お〜っす！　突然だけど明日の放課後、どっか行かね？】

【明日、母ちゃんが出掛けるらしくてさ、夜飯外で食おうと思ってるんだ】

「は……？」

急に送られてきた、毛色の違うメッセージを読んだあたしが思わず眉をひそめながら呟きを漏らす。

どこか見覚えのあるその文章の送り主の名前を確認すれば、そこには江間仁秀と書かれていた。

(ああ、そうだった。ブロックとかしてなかったな……)

あいつと別れてから大体一週間。その間にあいつとの接触らしい接触は、浮気を暴いてやった翌日の朝に能天気に声をかけられたことくらいだ。

そこから特に何もなかったし、仁秀の方も本命の柴村とイチャイチャする方向に舵を切ったのだと思っていたのだが……ここにきて急にラインが送られてきた。


【この間のこともあるしさ、飯食いながら話そうぜ!】

【お前の好きな店でいいし、奢ってやるからさ!!】


「はぁ……? なに、その言い方? っていうか、何様なわけ?」

この間もそうだったが、どうして仁秀はこんな悪びれもせずにあたしに接することができるのだろうか?

前々からこういう性格だということは知っていたし、あたしの方も喧嘩をした時になぁなぁで許してきたことも多かったから、ある程度は理解していたつもりだった。

しかし……恋人という関係になっておきながら別の女と浮気して、あたしを一年近くずっと裏切り続けておいて、まともに謝罪もせずにこの態度は流石にあり得ない。

多分……いや絶対、あたしのことを舐めている。適当に時間をおいてから機嫌を取っておけば、いつも通りにあたしが許すと仁秀は思っているんだろう。

だが、あたしにはそんなつもりは毛頭ない。今回の一件は、今までの幼馴染としての喧嘩とは全く違う、それよりもずっと重大で深刻なことだから。

そう考えながら仁秀のメッセージを読んだあたしは、あいつが本当にあたしのことを軽んじていたんだなということを改めて理解した。

あいつにとってあたしは大して重要な存在じゃないから、こういう態度でいられる。

仁秀にとってあたしは、真摯に対応するような相手などではなく、適当に相手をする存在だということがよ～くわかった。

【いつものラーメン屋でいい？　あそこのとんこつラーメン、お前も好きだっただろ？】

【ってか、学校終わってすぐだと晩飯には早すぎるかｗｗｗ　どっか遊びに行こうぜ！】

【カラオケとかどうよ？　一時間くらい歌えばちょうど腹も減ってくるだろ！】

勝手に話を進めるな。

お前に合わせるとか言いながらあたしの意見を聞かずに自分で店を決めるな。

っていうか話がしたいとか言いながらラーメン屋を選んでる時点で全然その気がないことがわかるし、何だったらお金を使いたくないから安くて量が多い店を選んでるのがまるわかりだ。

あと、あんなことがあったというのになんでカラオケに行くと思ってるのか。

あの状況で胸を揉ませろとか言ってきた男とわざわざ密室で二人きりになりたいかどうかなんて、ちょっと想像を巡らせればわかることのはずだ。

「あ～っ！　もうっ！　うっさいっ‼」

気遣いというか、デリカシーというか、人として当たり前のことというか……そういうものを一切感じさせない仁秀からのメッセージの連投に我慢の限界を迎えたあたしは、大声で叫びながら湯船から立ち上がった。

ざぱぁっ！　と音を響かせながらお湯が波打つ中、これ以上のムカつきを感じないようにするために、あたしはスマホへと指を伸ばす。

もう、あいつとメッセージのやり取りをするつもりはない。アカウントをブロックしてしまっても何も問題はない。

そう考えたあたしは仁秀のアカウントをブロックしようと思ったのだが、そこで指先についていた水滴がぽたぽたとスマホの画面に垂れ、送るつもりのなかったスタンプをあいつに送ってしまった。

「げっ……!? めんど……!!」

無言でブロックしようとしたのに、スタンプを送ってしまったことにげんなりとした表情を浮かべながら呻く。

ただ、幸か不幸か誤操作で送ったスタンプは寝転がったウサギがそっぽを向いている怒りや不機嫌を表すもので、今のあたしの心境と完全にマッチしていた。

「……ま、いっか。このままブロックしちゃお」

これが仁秀に対して好意的な感情を示すスタンプだったら訂正するところだが、そうじゃない。

今のは誤操作だとあいつに言うことも面倒だし、それで勘違いしたあいつが調子に乗ったりしてもこれまた面倒だし……何より、雄介くんとのメッセージのやり取りをこれ以上邪魔されたくなかった。

というわけで、特にこれ以上の反応をせずにブロックすることを決めたあたしは、手をタオルで拭いた後でスマホを操作していく。

【まだ怒ってんのかよ？　わかった！　大盛りラーメン奢ってやるから、機嫌直せって！】

「……馬鹿じゃないの、ほんとに」

仁秀から最後に送られてきたメッセージも、ツッコミどころ満載の内容だった。

もう、あたしたちは幼馴染ではない。

その関係はあたしがあいつに告白して、恋人としての一歩を踏み出した時から終わっていた。

そして、もうあたしたちは恋人ではない。

仁秀の浮気がバレた時点で……いや、あいつが柴村と浮気を始めた時点で、その関係も終わりを迎えていた。

そしてこれで、あたしたちは友達ですらなくなる。あたしにはもう、あいつと関わるつもりなどないからだ。

特に何を言うこともなく、あたしはスマホをタップして設定を終えた。

それでもう、仁秀からのメッセージはあたしに届かなくなって、あれだけうるさかった通知がシンと静まり返る。

この作業を終えたあたしの心はちょっとすっきりしていて、一つ過去に区切りを付けられたことに清々しさも感じるのであった。

●

（ったく、ひよりの奴、まだ怒ってるのかよ……？）

大体一週間くらい前にあった喧嘩と、そこから続いた別れ話……あれから十分な冷却期間をおいたと思った俺は昨晩ひよりにラインを送ってみたのだが、あいつの反応は微妙だった。

結構大量のラインを送ったのに、あいつからの返信は拗ねたウサギのスタンプだけ。

そこからは未読スルーをかましやがって、完全に俺のことを無視している。

（少しは大人になれって。俺も悪かったけど、あいつだってこれはやり過ぎだろ？）

確かに色々あったけど、少しくらいは許す素振りみたいなものを見せてもいいじゃないか。どうせ、最終的には元の関係に戻るんだしさ。

こんなわかりやすい怒ってますよアピールで俺の気を引こうだなんて、やっぱりあいつが育ったのは胸だけで、性格は身長と同じでガキのまんまだなと思いながら、俺は気持ちを切り替える。

（しょうがない。素直になれない幼馴染のために、俺が折れてやりますか！）

わざわざ怒ってますアピールのスタンプを送ってきて、その後も未読スルーをしてきたってことは、やっぱりひよりも俺のことを意識しているのだろう。

そろそろ尾上(おがみ)との楽しくもない仲良しごっこを続けていることに虚(むな)しさも感じてきた頃だろうが、色々あったことで素直になれずに俺に謝れずにいるんだ。

だからここで俺が折れて、話し合いの機会を作ってやる。

そこで適当に話をすればいつも通りのやり取りが戻ってきて……何もかもが元通りだ。

（本当、ひよりはガキだよな〜……！　少しは二奈(にな)を見習ってほしいもんだぜ）

浮気相手でもいいからと告白してくれた上に、今も俺が他の女の子と仲良くしてもいいと言ってくれている。二奈の器のデカさと比べたら、やっぱりひよりは背も心も小さい。

まあ、胸だけはあいつの圧勝なんだけどな。

っていうか、俺みたいないい男と付き合えるんだから、少しくらいの女遊びは許してほしい。

マンガとかでも主人公がたくさんの女の子たちにモテモテになっても、ヒロインたちは別にそいつから離れたりしないし、むしろライバルに負けじとアピール合戦を繰り広げるわけじゃん？

ああいうのを期待してたのに、ヒステリックに叫んだ上にジュースをぶっかけてくるだなんて、やっぱりひよりは子供だ。

まあ、あんな子供を恋人にしてやる奇特な男なんて俺くらいしかいないわけだし、責任を持って関係を修復してやらないとな！

そう考えた俺は、朝練が終わった後でひよりが登校するのを待ち構えていた。

幼馴染だし、家も近いからあいつの生活リズムはなんとなくわかる。大体の時間に山を張って待機していた俺は、想像していた時間より少し遅れてやってきたひよりへと声をかけた。

「おっす、ひより！　昨日、ラインしたことだけどさ――」

挨拶をしたひよりが、俺をちらりと見る。

そこから話をしようと晩飯のことについて口にした俺であったが、あいつはそんな俺を無視して横をすり抜けようとしやがった。

「ちょっ！　待てよ！　怒ってるからってそこまで無視するのはやり過ぎだろ⁉」

「……放してくれない？　あたし、急いでるんだけど」

「急ぐ必要なんてないだろ？　ほら、購買でメロンパン買ってやるからさ！　ちょっと話しようぜ！」

ひよりの機嫌が悪くなった時はこれに限る。好物のメロンパンをちらつかせれば、大体は機嫌が回復するんだ。

いつも通り、仲直りをしようという合図の意味でこの発言をした俺だったんだけど、ひよりはあろうことかその提案を断ってきた。

「そういうのいいから。手、放してよ」

「なんだよ、メロンパンだけじゃ足りないのか？　わかったよ、飲み物も奢ってやるからさ」

「そういう問題じゃないから。止めてよ」

「あ～！　この交渉上手！　しょ～がね～な～！　晩飯のラーメン屋でお前が好きなチャーシュー丼も奢ってやるよ！　カラオケでもパンケーキ食っていいからさ！　そろそろ機嫌直せって！」

「機嫌直せって、あんた……‼」

俺の大盤振る舞いに、ひよりが目を丸くして驚く。

俺がここまでやってやると言ったことに、感動しているのかもしれない。

まあ、母ちゃんから晩飯の代金も貰ってるし、それくらい奢る余裕はあるわけだし……

これでひよりとの関係が修復できるなら、安いもんだ。

これで全部が元通りになると、そう思いながら俺は満足気に話を続けようとしたのだが、
不意に肩を叩かれたことで口を閉ざしてしまった。

思わずそっちを向いた俺が目にしたのは、大嫌いな尾上雄介が無表情で立つ姿だった。

「……何してるの？」

俺より背が高い尾上から真顔で睨みつけられながらそう言われた俺は、思わずビビッてしまった。

その隙にひよりが俺の手を振り解く中、尾上に負けてられないと奴を睨み返しながら、
俺が言い返す。

「おっ、お前には関係ないだろ⁉　どっか行けよ！」

これは幼馴染である俺たちの問題だ。尾上が間に入ってくる余地なんてどこにもない。

だけど、あいつは眉一つ動かさないまま、俺に向かってこう言ってきた。

「いや、あるよ。友達が変な絡まれ方してたら、助けるのは当たり前でしょ？」

「変な絡まれ方って、俺はそんなこと――」

「手を放してって言われてたのに聞かなかったじゃないか。無理矢理付き合わせようともしてたし、十分変な絡み方だよ」

「ぐっ、うっ……⁉」

普通に正論をかまされた俺が何も言えずに呻く。

一切動じないというか、冷ややかな目で俺を見つめながら淡々と責めてくる尾上の態度に気圧されそうになるが、こっちには切り札があるんだ。

尾上には理解できないであろうとっておきであり、伝家の宝刀を抜いた俺は、それで奴を一刀両断にしてやる。

「それはお前がわかってねえだけだよ！　俺とひよりは幼馴染なんだ！　だから、俺にはあいつの気持ちがわかる！　ひよりは別に嫌がってなんかねえんだよ！」

見たか、尾上。これがひよりと十数年の付き合いがある俺だからこそ使える伝家の宝刀、幼馴染の特権だ。

俺たちには俺たちの関係性がある。ほんの一週間、俺への当てつけでひよりに仲良くしてもらってるだけのお前にはわからない関係性があるんだよ。

これを使えば流石の尾上も黙るしかない。こいつには、俺とひよりの関係の深さがわからないのだから。

そう、思っていたのだが……尾上はやっぱり一切の反応を見せないまま俺から視線を外し、ひよりを見ながら信じられないことを言いやがった。

「……って、江間は言ってるけど……ひよりさんはどう？　本当に嫌じゃなかったの？」

「……は？」

……待て。今こいつ、なんて言いやがった？

ひ、ひよりさん……？　なんでこいつがひよりを名前で呼んでやがる？

馴れ馴れしいにもほどがあるだろ？　っていうか、尾上ってそんなキャラだったのか？

どうして仲良くなって間もないこいつが、そんなふうにひよりを……？　と困惑する俺であったが、直後にそれ以上の衝撃が追い打ちとして叩き込まれる。

「……雄介くんの言う通り、普通に嫌だったよ。迷惑してた」

「は？　は？　はぁ……⁉」

なんでひよりもこいつに何も言わねえんだよ？　馴れ馴れしく名前で呼ばれてるんだぞ？

それにどうして尾上の味方をしてる？　折角、俺が関係修復のために折れてやってるのに、それを無下にするつもりか？

っていうか……今、雄介くんって言ったか？　それってもしかして、尾上のことか？

なんでひよりと尾上が名前で呼び合ってる？　いつからそんな関係になった？　こいつら、いったい何なんだ？

パニックになって唖然とする俺は、もう誰の言葉も耳に入ってこなかった。

気が付けば、ひよりも尾上も姿を消していて……ただ一人、その場に立ち尽くしていた俺は、全く冷静になれない状況で呻くしかできないでいる。

「何がどうなってんだよ、マジで……？」

ひよりとの関係を修復して、また楽しい日々が戻ってくると思っていた俺は、完全なる不意打ちを受けて頭がくらくらしている。

でもきっと、大丈夫だと……俺とひよりが過ごしてきた十数年が、尾上とのたった数日に負けるはずなんてないと自分に言い聞かせながら、俺は力の入らない足で踏ん張って、自分のクラスへと戻っていった。

第四章　ひよりさんと放課後デート

「ごめん、面倒事に巻き込んじゃって……」

「大丈夫だよ。それより、いったい何があったの？」

ひよりさんを江間から引き離した僕は、呆然（ぼうぜん）としていた彼を置いて自分たちの教室に入ると共に何があったのかを質問した。

暗い表情を浮かべた彼女は、「実は……」と前置きをした上で昨晩から今の出来事に至るまでの流れを説明し始める。

どうやら昨夜、ひよりさんが僕とメッセージのやり取りをしている最中に、江間からも連絡があったらしい。

色々と面倒になって彼のアカウントをブロックしようとしたひよりさんだが、その際に誤操作で間違ってスタンプを送信してしまったというわけだ。

「いちいち誤送信だって連絡するのも面倒だし、お風呂（ふろ）に入ってるってバレるのも嫌だったからさ……そのままブロックしたんだけど、色々失敗だったかも」

ひよりさんの言う通り、浮気がバレたというのに臆面もなく胸を揉ませてくれなんて言う男に誤送信の理由を説明して、風呂に入っていたことがバレたらそれはそれで面倒なことになるだろう。

それに、そもそも最低の裏切りをした男とわざわざ言葉を交わしたい人間なんているはずもない。そのままひよりさんが江間をブロックするのは当然の流れだと思う。

ただ、そのせいでブロック後に江間が自分に何を言ってきていたのかも、彼の考えもわからなくなってしまったことは失敗だったと、どうせならはっきりと拒絶の意思を示してからブロックすべきだったと後悔するひよりさんへと、僕は慰めの言葉をかける。

「そんなことないよ。浮気がバレた時点で二人の関係は破綻してるし、わざわざひよりさんが嫌な思いをしてまで江間と話す必要なんてなかったって」

「……うん。ありがとう。雄介くんにそう言ってもらえて、少し気分が楽になった」

そう言ってはいるが、ひよりさんの表情は暗い。

改めてあの日の出来事を思い出してしまったか、あるいは僕が声をかける前にまたひどいことを江間から言われたのかもしれないと思うと、胸が苦しくなった。

（それにしても……江間の奴、とんでもないな。自分がしたことがどれだけひよりさんを傷付けたのか、わかってるのか？）

僕が聞けた二人の会話は、ほとんど最後の方だけだったが……それだけでも江間のデリカシーのなさというか、浅はかさがわかった。

他でもない自分の浮気のせいで傷付いたひよりさんに対して、ご飯を奢ってやるから機嫌を直せだなんて、流石にヤバ過ぎる。

誠心誠意謝って、ひよりさんに縋るように話を聞いてくれと言っていたのなら、彼の行動も理解できた。

しかし……あのノリの軽さはひよりさんを深く傷付けたという自覚がなく、ただの喧嘩をしてしまっただけという雰囲気に見える。

（もしかしなくとも、あの態度がひよりさんを苦しめてる最大の要因だよな……）

自分はこれだけ傷付いたのに、相手は何もわかっていない。

それどころか、自分の傷などまるで意に介さずに平然と軽いノリで接してくるのだから、ひよりさんからすれば堪ったものじゃないだろう。

やっぱり、そう簡単に恋人だった男のことを忘れられるわけじゃない。なんだかんだでひよりさんも江間のことを引き摺っているような気がする。

だからこそ、彼の言動に深く傷付いているんだろうな……と、胸の奥でチクリと痛みを感じた僕であったが、悲しそうに俯いているひよりさんの姿を見て、そんな痛みはどうでもよくなってしまった。

（情けない。僕なんかよりもひよりさんの方が傷付いているんだ。今、僕がすべきなのは、彼女を励ますことじゃないのか？）

最悪の形で江間と別れて、まだ一週間程度。そんな短い時間で全てを吹っ切ることなんてできるはずがない。

それでも、ひよりさんは江間のラインをブロックしたりして、彼との思い出と決別しようとしている。

僕がすべきなのは、そんなひよりさんを応援し、苦しそうにしていたら励ますことのはずだ。

僕は彼女の笑顔が見たい。ならば、くだらない嫉妬の感情に傷付いてないで行動すべきだと自分自身に言い聞かせた僕は、ひよりさんへと明るい声で言う。

「ひよりさん。今日の放課後、どこか遊びに行かない？」

「えっ……!?」

驚いて顔を上げたひよりさんの、ぽかんとした表情についつい笑みがこぼれてしまう。

できる限り優しく、そして気遣いを感じさせない軽い口調で、僕は彼女へと同じことを二度言った。

「今日、どこかに遊びに行こうよ。嫌なことがあったら、ぱーっと遊んで忘れちゃうのが一番だって！　どこにでも付き合うからさ、ひよりさんの好きなところに遊びに行こう！」

「雄介くん……！」

驚いたひよりさんの表情に、少しだけ喜びの色がにじむ。

まだまだ小さいけど、ひよりさんに笑みが戻ったことを喜ぶ僕へと、彼女はおずおずとした様子で言ってきた。

「それってさ……デ、デートのお、お誘いってこと？」

「えっ……？」

ひよりさんの口から飛び出した言葉に、今度は僕が驚く番だった。

確かに言われてみれば、これはデートの誘い以外の何ものでもないわけで……自覚はなかったが、我ながら大胆な真似をしたものだと苦笑しながら、僕は答える。

「そうだね。うん……デートのお誘いです。ひよりさんが良ければだけど、受けてもらえる？」

「あはっ……！　喜んで、お受けいたしましょう！」

少しだけ不安もあったが、素直に彼女の言葉を肯定しつつ改めてデートに誘えば、ひよりさんは嬉しそうに笑いながらＯＫしてくれた。

恥ずかしくはあったが、この笑顔を見せてくれるのならば十分にお釣りはくる……そう考える僕へと、ニヤニヤと笑うひよりさんが言う。

「それにしても、雄介くんも随分と大胆になりましたな！　連絡先を聞いてきたと思ったら、次はデートのお誘いですよ⁉」

「笑わないでよ。こっちも結構恥ずかしかったり、緊張とかしてるんだからさ」

「ごめん、ごめん！　……嬉しいよ。雄介くんに誘ってもらえて、すごく嬉しい」

ケラケラと笑った後、優しい微笑みを浮かべたひよりさんがしんみりとした声で言う。

実感がこもっているその声にドキッとしてしまった僕は、赤くなりそうな顔を必死に冷ましながら彼女へと質問した。

「そ、それで、どこに行く？　遊びに行きたい場所、ある？」

「んっふっふ～……！　実は前々から行きたかった場所があるんだよね～！　ちょ～っとばかりお金がかかるかもだけど、大丈夫？」

そう質問してくるひよりさんに、大きく頷いて返事をする。

先日のバイト代が入るし、家に入れる分を除いてもお小遣いとしては十分。家事当番も今日は雅人だから急いで家に帰る必要もないし、問題は何もない。

「それで、ひよりさんが行きたい場所ってどこなの？」

ＨＲが始まる寸前、確認のためにひよりさんに聞いてみれば、彼女はにんまりと笑みを浮かべてみせた。

そうした後、実に楽しそうに笑いながらその答えを述べる。

「それはね――‼」

「うっわ、見てよ雄介くん！　あれもこれもそれもどれも、全部美味(おい)しそうじゃない⁉」

「あははは……確かにそうだね」

そして迎えた放課後、僕たちは電車に乗って少し離れた駅へとやって来ていた。

お目当てはそこから歩いて数分のところにあるショッピングモール。その中にあるスイーツバイキングだ。

ひよりさんは少し前から開催されているイチゴのケーキフェア限定のスイーツを食べたかったらしく、僕に誘われたのをいい機会だと考え、食べに来たというわけである。

「制限時間百二十分でしょ～⁉　こりゃあもう、限界まで食べまくるしかないよね！」

そう笑顔で言うひよりさんの前には、大量のケーキを載せた大皿が置いてある。

タルトにレアチーズケーキ、チョコレートケーキにモンブランにババロアにロールケーキなど、通常のものよりは一回りサイズダウンしてあるが、それでもこんなに食べられるのか？　と思ってしまう量のケーキを前に、ひよりさんはとても幸せそうだ。

「ではでは早速、いただきま～すっ！」

行儀よく手を合わせていただきますをしたひよりさんが、フォークを手にフェア限定のイチゴのショートケーキを頬張る。

「ん～っ！　イチゴがたっぷりだし、スポンジもふわふわで美味し～っ！　多めに持ってきて正解だ！」

一口食べた途端、ほっぺを押さえて嬉しそうな声を漏らした彼女の姿を見ながら、僕もまたガトーショコラを口に運び、同じ楽しみを共有していく。

「すごいな、ひよりさん。よくそんなに食べられるよね？」

改めて言うが、ひよりさんの前には大量のケーキを載せた大皿が置かれている。

単純にホールケーキ二つ分くらいはありそうなケーキを次々と平らげる彼女は、途中で飲み物を飲んで一息つくと共に僕へと言った。

「あたし、甘いもの大好きだからね！　それにほら、女の子は甘いものは別腹って言うじゃない？　そゆこと、そゆこと！」

「へぇ～……！　そういうもんか……」

　これまでケーキバイキングになど行ったことがない僕にとっては、ひよりさんの食べる量が世の女子たちの平均的なレベルなのか否かを判断する基準はない。

　確かに言われてみればお店に来ている女の子たちは次々とケーキをおかわりしているようにも見えるし、もしかしたら彼女の意見はあながち間違いでもないのでは……？　と思い始める中、ちょっとだけむくれたひよりさんが僕へと言ってきた。

「まあでも、こんなに食べてるのに背は伸びなかったんだよな～……！　太りもしなかったけど、食べた分の栄養はどこに行った？　って感じじゃない？」

「よ、よく動いてたからじゃない？　カロリー消費が多かったから、その分栄養を欲してた……みたいな？」

「ほう？　とは言いつつも目を逸らすのはどうしてかな～？」

　ホットカフェオレを飲みつつ、ひよりさんから視線を外した僕が言う。

　ニヤニヤと笑う彼女はからかうために言っているのだろうが、栄養の行き先なんて明らかではないか。

　ひよりさんは、わかりやすく胸を手でぽよんぽよんと跳ねさせる彼女をまともに見られなくなっている僕のことをからかって遊んでいるようだ。

「ふふっ……！　冗談はここまでにしようかな。折角のデートなのに、雄介くんが目を逸らしてばっかじゃ寂しいもんね」

「ぐぅ……」

少しばかり胸を強調していたひよりさんがそう言いながら普通に座り直すも、その発言もなかなかに恥ずかしい。

デート……そう、デートだ。僕は今、人生初の放課後デートというものを経験しているのだと思うと、向かいの席に座るひよりさんの顔をまともに見れなくなってしまう。

そこまで意識する必要はないと、ガチガチになっていたらひよりさんが楽しめないじゃないかと、そう自分に言い聞かせて視線を前に戻せば、ケーキを食べる手を止めてこちらを見つめる彼女と目が合った。

嬉しそうに微笑むその姿に、ドキッと心臓が跳ね上がる中、ひよりさんが僕へと問いかける。

「雄介くん、あんまりケーキ食べてないけど……もしかして、甘いもの苦手だった？」

「そんなことないよ。むしろ、僕も甘いものは好きな方だしさ。あんまり食べてないのは、こういうお店の雰囲気に慣れてないから萎縮してるだけ」

ひよりさんの質問に苦笑しつつ、正直に答える。

本当に甘いものは好きだし、彼女に気を遣っているわけでもないと前置きしてから、不安そうに見つめてくるひよりさんへと詳しく説明していく。

「ケーキバイキングもそうだけど、デートも初めてだからさ。あんまり恥ずかしくないようにしなくちゃって思って、ちょっと格好つけてるんだよ」

「……本当に？　実は無理してるとか、そういうのじゃない？」

「本当です。エンジンがかかってきたら、ひよりさんに負けないくらいに食べ始めると思うからさ……それを見て、判断してよ」

「……そっか。うん、安心した！」

僕の答えに満足してくれたのか、ニカッと笑ったひよりさんが再びケーキを頬張り始める。

その笑顔を見ながら、僕もガトーショコラの残りを口に運ぶ中、手を止めたひよりさんが小さな声で言った。

「……あたしもさ、こういうお店に男の子と来るのは初めてなんだよね。その、仁秀は甘いもの苦手だったから、誘うのもなんだかなって感じでさ」

不意に彼女の口から飛び出してきた江間の名前を聞いた僕は、少しだけ驚いてしまった。

だけど、今朝のように彼に触れ過ぎないようにしたせいで余計なトラブルを招いてしまったことを反省しているひよりさんは、腫れ物に触るように扱うのではなく、認めた上で踏み越えようとしているようだ。

彼女の声色と表情からその意志を感じ取った僕が黙って話に耳を傾ける中、恥ずかしそうに笑ったひよりさんが照れ臭そうに言う。

「だからあたしも、雄介くんと同じはずなんだけどさ……全然緊張なんてしないで、女の子の友達と一緒に来たみたいに振る舞っちゃった。普通に考えればもうちょっとお行儀よくすべきなのに、どうしてだろうね？　なんか、何も考えずに全部曝け出しちゃってた」

「いいじゃない、それで。いっぱいケーキを食べて幸せそうに笑うひよりさんを見れて、僕は嬉しいよ」

「ん……そっか。なら、ここからもいっぱい食べて、満足しちゃおっかな～！」

今の話は、僕のことを信用してくれてるって考えていいのだろうか？

硬くならず、素の自分を見せられるような相手だと思ってくれていると考えて、いいのだろうか？

逆にいえば、女友達と同じくらいの関係だと思っているということにもなるだろうが……それでもいい。

また一つ、知らなかったひよりさんの顔を見ることができた。彼女との距離を縮めることができた。

一歩ずつ、少しずつ、仲良くなっていけばそれでいいと思いながら笑みを浮かべた僕は、空になった皿を手に取ると彼女へと言う。

「じゃあ、僕もそろそろ本気でいこうかな？　ひよりさん的におすすめのケーキはどれ？」

「そりゃあもちろん、フェア限定のイチゴのショートケーキだよ！　本当に美味しいから、雄介くんも食べてみなって！」

そう言いながら、最後まで残してあったショートケーキをフォークで指すひよりさん。

あれだけあったケーキをこの短時間で食べきったのかと苦笑しながらも、そのおすすめに従ってイチゴのショートケーキを取ってこようとした僕であったが、残念ながら人気のケーキであるショートケーキは今は品切れになっていた。

「あっ、残念。今、作ってる最中みたいだね」

「えっ？　あ、本当だ……！」

振り返ったひよりさんもショートケーキがないことに気付いたようだ。

おかわりしたかっただろうにと思いながら、僕は彼女へと言う。

「まあ、焦らずに待つことにするよ。他にも美味しそうなケーキはいっぱいあるしさ」

幸いにも制限時間にはまだまだ余裕がある。人気商品だし、補充もすぐに完了するだろう。

ほんの少し待てばいいだけだから焦る必要なんてないと言う僕であったが、ひよりさんはそんな僕を見つめながら静かに口を開いた。

「……でも、このケーキ、本当に美味しいんだよ？　できたら雄介くんにも今すぐに食べてもらいたいな」

「あはは。流石（さすが）にないものは食べられないよ」

「……あるじゃん、ここに。ショートケーキ」

そう言いながら、ひよりさんが自分の皿の上に載っているショートケーキをフォークで切る。

「えっ……？」

半分くらいのサイズにカットし、イチゴをたっぷりと載せたそれをフォークで突き刺した彼女は、それを僕へと差し出すと少し顔を赤くしながら言った。

「はい、雄介くん。あ～ん……！」

「あ、あ～んって……!?」

こちらへとショートケーキを刺したフォークを差し出し、信じられないことを言ってき

たひよりさんの行動に焦る僕。

　少し赤くなっている彼女の顔と手に持つフォークとを交互に見つめながら、慌てて言う。

「べ、別にそんなことしなくてもいいでしょ？　分けてくれるなら、普通に食べればいいだけだし……」

「……したくないの？　あたしにあ～んされるの、嫌？」

「そ、そういうわけじゃあないけど……」

　ぷくっと頬を膨らませて、目を細めて……ジト目で見つめてくるひよりさんの言葉に僕は動揺を深めてしまう。

　恥ずかしくはあるが嫌というわけではないし、したいかしたくないかで言えば間違いなくしてみたくはあるのだが、やはりそんな恋人のような真似をするのはちょっと……と考える僕へと、不意に破顔した彼女が言ってきた。

「ふふっ！　真面目だな～、雄介くんは。別にこの程度、友達同士でもすることでしょ？　雄介くんも男の子の友達としたことない？」

「えっ？　う、う～ん……？　言われてみれば、したことがあるような気が……？」

　そう言われて思ったが、確かに中学時代に部活の友達に弁当の中身を食べさせた覚えがある。

他にもお菓子の交換だったり、差し入れのお裾分けだったりで、似たようなことをしたことがあるといえばそうだ。

別にこのくらい、友達なら普通にするか……微妙な違和感を覚えながらもひよりさんの意見に納得しかけている僕に対して、彼女が続ける。

「だからほら、そんなに気にしないでいいんだよ。悪乗りみたいなもんだって。知ってる人の前なら恥ずかしいかもだけどさ、ここにはあたしたちの知り合いなんていないでしょ？」

「まあ、それはそう、だね……」

「ふふっ……！　納得した？　それじゃあ、改めまして……はい、あ～ん……！」

今度は笑顔でショートケーキを差し出してくるひよりさんが、促すように首を傾げる。

恥ずかしくもあるし、違和感がないわけでもないが、友達でもする行為だという免罪符を得た僕は自分の気持ちに素直になることにした。

「じゃあ、えっと……い、いただきます……っ！」

小さな彼女が腕を伸ばして差し出してくれるショートケーキへと、体を丸めて顔を近付ける。

羞恥を感じながらも口を開けた僕は、その中にフォークに刺さったイチゴのショートケーキを迎え入れて……ひよりさんはそんな僕の前で嬉しそうに目を細めて腕を引くと、質問を投げかけてきた。

「どう？　感想は？」

「……甘酸っぱい、かな」

口の中に広がるイチゴの風味だとか、ふわふわなスポンジの中に柔らかく広がる甘みだとか、味の感想はいっぱいあった。

だけど、口をついて出たのは胸をときめかせる感覚についての感想で、それを聞いたひよりさんが面白そうに笑いながら言う。

「あははっ！　変なの！　イチゴなんだから、甘酸っぱいのは当たり前じゃん！」

「あっ……!?」

子供のように無邪気に笑ったひよりさんが、そのまま手にしているフォークで皿の上に残っているイチゴのショートケーキを突き刺す。

僕が何かを言う前にそれを口の中に放り込んだ彼女は、もぐもぐと口を動かした後で悪戯っぽい表情を浮かべながら問いかけてきた。

「別に間接キスくらい、気にするようなことじゃないって。雄介くんも部活でペットボトルの回し飲みとかしたことあるでしょ？　それと同じだよ」

「いや、でも、男同士と女の子相手じゃあ結構違う気が……」

「え～？　……その違うっていうのはさ、女の子が相手だから？　それとも……あたしが相手だからかな？」

ドクン、と心臓が跳ね上がった。

僕を試すような、何かに期待しているような、ひよりさんの視線が突き刺さる。

あ～んも、間接キスも、女の子が相手だから緊張しているのだろうか？　それとも、ひよりさんが相手だからそうなっているのか？

ごくりと息を呑んだ僕は、正直に自分の思いを彼女へと伝えていく。

「……今までこんなことを女の子としたことがないから、はっきり判断はできないけど――」

「……けど？」

「――ひよりさん以外の女の子と同じことをしても、ここまで慌てたり緊張したりはしない……と思う」

「ふふっ……！　そっか！」

少し曖昧な答えだったけど、ひよりさんは僕の答えに満足気に笑ってくれた。

その笑顔を見て、また緊張を高めてしまう僕へと、彼女が言う。

「ショートケーキ、お代わり来たみたいだよ。なくなっちゃう前に取りに行こ！」

「ああ、うん。そうだね」

お皿を手に、楽し気に立ち上がったひよりさんが跳ねるようにケーキたちの元へと駆けていく。

その後ろ姿を見つめる僕は、口の中に残り続けるこの甘酸っぱさは上書きされはしないんだろうなと、ブラックコーヒーでも消し去れないであろう初恋の味に、口元を押さえながら思うのであった。


「いや〜！　いっぱい食べて、いっぱい遊んだね！　本当に楽しかった‼」

「あはは……！　ちょっと食べ過ぎた感はあるけど、僕も楽しかったよ」

時間いっぱいまでケーキバイキングを楽しんで、その後でショッピングモールを見て回って、長い時間をそうやって過ごした僕たちは、帰りの電車に乗り込みながらそんな話をしていた。

時間的に車内はガラガラというわけでもないがぎゅうぎゅうに混み合っているわけでもないという微妙な状況で、仕事帰りの会社員の皆さんが椅子を埋めているから、僕たちは立って話をしている。

　適当な位置で立ち止まった僕は近くに見えたつり革を摑んだのだが、ひよりさんはそんな僕を見つめながら羨ましそうに言ってきた。

「いいな～、背が高いって。あたしの場合、めっちゃ頑張らなきゃ手が届かないんだよね」

　そう言って手を伸ばしたひよりさんは、目一杯頑張って僕が使っているのと同じ高さにあるつり革を摑んだ。

　僕にとっては顔に当たるような邪魔な位置にあるつり革だが、彼女にとってはここまで頑張らないと摑むことができないものらしい。

「これ、高い位置にあるつり革だからさ、低い位置のつり革を使った方がいいんじゃない？」

「むぅ……！　文字通り、見下した発言だ……！」

「いやいや。無理して高いのを使っても、そっちのがいざって時に危ないでしょ？　見下してるとか、そういうんじゃないよ」

「わかってるけどさ～……い～な～！　電車に乗る度にチビ扱いされるあたしの気分、雄介くんにはわからないだろうな～……！」

ジト目で僕を見上げ、かわいらしく頬を膨らませながら口をとがらせるひよりさんがぼやく。

機嫌を損ねてしまったと苦笑していた僕だったが、彼女はそんな僕を見つめると、ニヤッと笑って口を開いた。

「でも、確かに雄介くんの言う通りだよね！　無理して高いのを使ってても、いざって時に危険だし……身長に合ったものを使うのが一番だ！」

「だよね。じゃあ、低いつり革がある方に移動して――」

わかってくれたかと安堵した僕が低いつり革の方へと移動しようとした時、僕の服を摘まんだひよりさんがくいっくいっとそれを引っ張った。

驚いて止まった僕へと意味深な笑みを向けたひよりさんは、そのまま僕の左側へと回り込むと空いている腕を摑んでくる。

「えへへ……！　いい位置に摑まりやすいものがあって助かっちゃった！」

抱き着くように僕の左腕へと手を回してきたひよりさんが、体を預けながら言う。

三十センチ以上の身長差があるおかげか、僕の腕は本当にひよりさんが摑みやすい高さにあって、彼女の小さな手に腕を摑まれている感触に僕が顔を赤くする中、ひよりさんが少しだけ不安そうな表情を浮かべながら口を開いた。

「あの、雄介くんが迷惑だったらすぐに止めるけど……大丈夫？」

「恥ずかしくはあるけど、別に迷惑じゃないよ。ひよりさんが怪我する方が嫌だし、僕の腕で良ければ好きに掴まっていいから」

「えへへ……！　では、お言葉に甘えて……！」

嬉しそうに、ひよりさんが僕の腕に回した手に力を籠める。

さっきのケーキバイキングでやったあ～んだったり、間接キスだったり、今のこの行動だったり、上目遣いだったり……色々もうあざといとは思うが、迷惑とも嫌とも思わない僕は大分チョロいとしか言いようがない。

シンプルにわかりやすい男だよなと自嘲していた僕であったが、やや下方向から聞こえてきた呟きを耳にして、ぴくりと反応する。

「……ありがとう、雄介くん。今日、すっごく楽しかったよ」

しみじみと実感を込めたその声は、僕の腕に手を回すひよりさんの呟きだ。

優しい笑みを浮かべている彼女は、さらに言葉を重ねていく。

「朝から嫌なことがあったけどさ、こうしてデートに誘ってもらえて嬉しかった。本当にありがとうね」

「……僕の方こそ、すごく楽しかったよ。普段は行かない場所に行けて新鮮だったし……

学校じゃ見れないひよりさんの一面も見れて、嬉しかった」

「……！」

感謝を告げてくるひよりさんへとそう返せば、彼女は目を丸くした後で恥ずかしそうにはにかんでみせた。

腕を摑む力が強くなったのは、きっと気のせいじゃない。そう思いながら、そわそわとした落ち着かない気持ちを抱えている僕は、意を決して彼女へと言う。

「あのさ！　……今日、家まで送っていくよ。ひよりさんが、嫌じゃなければだけど」

「えっ……？」

突然の僕の申し出にひよりさんが先ほどよりも驚いた表情を浮かべる。

その反応に緊張を強めながらも、僕は必死に今の発言の理由について説明していった。

「ほ、ほら！　遅くなっちゃったっていうのもあるけど、江間のことが心配だからさ。部活が終わって、それから外食して帰ってきたとしたら、ちょうど鉢合わせするかもしれないでしょ？　そうなった時、朝みたいにまた絡まれたら大変だろうし、それに——」

「……それに？」

「——もう少し、話していたい気分なんだ。もうちょっとだけでいいから、一緒にいたい」

彼女を家まで送る理由に今朝の出来事と江間を出した後……自分でも呆れたように笑いながら、僕は心の大半を占める本当の理由を言った。

流石にクサいし、気持ち悪いかなと思ったけど、ひよりさんはそんな僕の言葉を受けて顔を背けながら、それでも声を弾ませて応えてくれる。

「……そうだよね。今、帰ったら、ちょうど仁秀と出くわすかもしれないもんね。じゃあ、雄介くんにボディーガードをお願いしちゃおうかな」

ぎゅっ……と強く腕が掴まれる。少しだけ空いていた僕たちの距離が、この会話を機にまた一歩近付く。

小さな彼女に、強く頼られているような感覚に嬉しさを感じていた僕へと、ひよりさんが声をかけてくる。

「……今日、帰りはタクシーを使おうと思ってたんだけどさ。歩きでもいいかな？　あたしも、もう少しだけ話してたい気分だからさ」

「うん、いいよ。僕もその方が嬉しい」

駅から家まで、できる限りゆっくり歩いて帰ろう。そうすれば、長い時間一緒にいられるから。

ひよりさんと同じことを考え、同じ気持ちでいられることが、堪らなく嬉しかった。

「あ～、クッソ。マジで最悪だ……！」

本当に今日は最悪の一日だった。何もかもが上手くいかないし、頭にくることばかりだ。

朝、ひよりに飯の誘いを断られたところからケチが付いた。

途中で尾上の奴が口を挟まなければ、きっとひよりも誘いを断らなかったはずなんだ。

あいつが空気を読まずに俺たちの話し合いに入ってきたせいでこうなったんだと思いながら、俺は忌々しい尾上を呪う。

本当に……あいつのせいで、今日という一日が最低最悪なものになっちまった。

今日はひよりと一緒に遊びに行くはずだったから、当然部活もサボるつもりだった。

だけど、尾上の邪魔が入ったせいでひよりとの約束が取り付けられなくて、仕方がないから部活に出て、二奈やバスケ部の連中を飯に誘おうと思ったんだ。

でも俺は朝からずっとイライラしてて、練習に出るつもりもなかったから気持ちの切り替えが全くできてなくって……練習中も良くないプレーばかりしてしまった。

おかげで顧問の田沼に散々キレられて、そのせいでイライラがもっと増して、また変なプレーをしちまって……と、負のループに突入した俺は、マジで最悪な姿をみんなの前で見せ続ける羽目になった。

俺に注目してる女バスの子たちも田沼に叱られる俺を見ていたし、マネージャーである二奈も俺の情けない姿を見て、呆れていたみたいだ。

近々、新入部員たちが自分の力をアピールするチャンスである練習試合が組まれているのに、こんなんじゃベンチにも入れないじゃないか。

ここで格好いい姿を見せて、レギュラーどころかスタメンの座も二奈のハートも新しい女の子のファンもゲットしようとしていたのに、その計画が台無しだ。

しかも、話はここで終わらない。そんなふうに怒られ続けながらもどうにか部活を終えた俺は、二奈やバスケ部の仲間を誘って飯に行こうとしたんだけど、誰も乗ってくれなかった。

部活の連中からは「今のお前と飯食いに行ったらぐだぐだ愚痴を聞かされるのは目に見えてる。そんなの、絶対楽しくないし飯がマズくなる」と言われたし、二奈も「今日は都合が悪い」って言ってさっさと帰ってしまった。

本当に薄情な連中だ。未来のエースが調子悪そうにしてるんだから、恋人や友人としてケアくらいするべきだろ。

それでまあ、仕方がないから一人で飯を食おうかとも思ったんだけど、練習の疲れと叱られまくったことでストレスが溜まってたせいか、行こうと思っていたラーメンを食べる気力が湧かなかった。

他に何を食べるかの候補も思いつかなくって、仕方がないからコンビニで弁当を買って帰ってきたんだけど、レンジで温める時に中のソースとかからしを取るのを忘れてたせいで大爆発を起こして、クソマズく仕上がったコンビニ弁当を貪っている真っ最中ってわけだ。

「あ〜……マジで最悪だ。それもこれも全部尾上のせいだろ……！」

からしが飛び散った白飯を食いながら、全ての元凶である尾上への恨み言を呟く。

俺が今、最悪な気持ちでクソマズい弁当を食べているのも、全部あいつのせいだ。

というより、ひよりもひよりだっつーの。いい加減子供じみたヒステリーはやめて、素直になれってんだ。

尾上と名前で呼び合ったりするのも、俺へのあてつけにしてはやり過ぎだろ。本当、やることがガキ過ぎる。

「ああっ、クソマズいっ！　もういいや、こんなもん！」

ひよりと尾上への怒りと弁当のマズさにイライラの限界を迎えた俺は、半分くらい残っている弁当をゴミ箱へとダンクした。

それでも全くすっきりできなくて、むしろ苛立ちが強まってくることを感じていた俺の耳に、外からの話し声が聞こえてくる。

「え……？　今の声、ひよりか……？」

俺とひよりの家は隣同士。距離が近いから、外にいるあいつの声が聞こえてくることもある。だが、この時間にひよりが外にいるはずがない。

「なんであいつ、こんな時間に外にいるんだ？　もうとっくに帰ってるはずなのに……？」

ひよりは帰宅部だから、俺みたいに部活動で帰る時間が遅くなることはない。普段なら、もうとっくに家にいる時間のはずだ。

そのひよりが、こんな時間に外にいる。何かを話しているような声が聞こえたような気がした俺は、ハッとすると共に指を鳴らしながら立ち上がった。

「そうか！　ひよりの奴、俺に料理を作ってきたんだな！」

ひよりがこんな時間に外に出る理由なんて、一つしかない。俺を訪ねるために家を出たんだろう。

聞こえてきた声はきっと、家を出る時にひよりの母親に何か言った時の声だ。

やっぱりあいつもなんだかんだで俺と仲直りしたかったんだろう。そのためにわざわざ手料理を作って、晩飯に困っている俺に渡しに来た。

本当に素直じゃないが、まあそういう回りくどいところもかわいいし、彼氏として許してやる度量を見せないとな！

（ったく、やっぱり尾上の前だから素直になれなかったんだな。あいつさえいなければ、ここまで苛立つこともなかったのに……！）

尾上が口を挟まなければ、あの場でひよりと約束をして、カラオケで遊んだ後でラーメンを食べて、仲直りをして、普段通りの日常が戻ってきていた。

あいつのせいで面倒なことになったたし、苛立つ羽目にもなったが……まあ、ひよりの手料理が食べられるのだから良しとしよう。

マズいコンビニ弁当のせいで全く腹が膨れていなかった俺は、ベストタイミングで空腹を満たしてくれる手料理をひよりが持ってきてくれることを期待していたのだが……何故か数分経っても、家のチャイムが鳴ることも、ひよりが訪ねてくることもなかった。

「おかしいな……？　俺の聞き間違いか……？」

ひよりの家から俺の家までは、十秒もかからずに来ることができる。

さっき声が聞こえてから二、三分は経っているし、十分過ぎる時間が経っているはずだ。

俺が聞いたと思った声は空腹が作り出した幻聴だったのか？　あるいは、やっぱり素直になれなくて玄関前でひよりがもたついているのか？

よくわからなくなった俺は、様子を窺うために二階に上がると、こっそりと窓から外の景色を確認する。

ここからなら家の前の通りの様子がよく見えるはずだと、そう思いながら外を確認した俺は、信じられないものを目にして愕然とした。

「ひ、ひより……？　なんで尾上と一緒に……⁉」

窓から見えたのは、家の前で尾上と話すひよりの後ろ姿だった。

まさか……今までひよりは、あいつと一緒にいたのか？　こんな時間まで、あいつと過ごしていたのか？

もしそうだとしたら、クラスの奴らと集団で遊びに行った帰りといった感じだろうか？　あり得ないとは思うが、二人きりで過ごしていたわけじゃないよな？

ひよりは今、尾上と何を話している？　どんな顔で話をしているんだ？　後ろ姿しか見えないから、ひよりの様子が全然わからない！

「どんだけ話をしてるんだよ？　さっさと帰れよ……！」

実際はたった数分なのだろうが、俺にはひよりと尾上が随分と長い間話し込んでいるように思えた。

尾上の奴、このままひよりの家に上がるんじゃないだろうな？　あの非モテ、調子に乗ってんじゃねえよ！

「あっ……！」

そんなことを考えている間に、気が付けば尾上はひよりとの話を終え、あいつの家の前から去っていった。

ひよりは大きく手を振って時折振り返る尾上のことを見送っていて、その様子を見ていた俺は尾上がひよりの家に乗り込まなかったことに安心すると共にその場に崩れ落ちてしまう。

「最悪だ。最悪だ。最悪だ……‼」

マジで意味がわからない。気が付いたらひよりは尾上と名前で呼び合うようになっていて、こんな時間まで一緒に過ごして、家まで連れてきた上に長々と談笑するような関係になっているだと？

これも俺への当てつけなのか？　俺にあいつと仲良くしている姿を見せつけて嫉妬させようっていう、ひよりの計画なのか？

ぶるぶると震えながらもう一度外を見た俺は、もうそこにひよりの姿も尾上の姿もないことに気付き、再び崩れ落ちる。

あれは現実の出来事だったのだろうか？　もしかしたら、腹が減った俺がストレスのせいで見た幻だったのかもしれない。

「そうだ、そうに決まってる……！　あんなのが現実であるもんか。全部、ただの幻覚だ……‼」

たった一週間くらいでひよりと尾上がそんな関係になっているはずがない。あれは全部、俺の見間違いだ。

ひよりはもうとっくに家の中にいて、まだぷりぷり俺に対して怒ってるんだろう。でも、もう少しすれば大丈夫。あいつも機嫌を直すはず。

そう自分に言い聞かせながら、そうなるに決まっていると思いながら……それでも、俺は不安を抱え続けている。

最低最悪以下のこの気分はそう簡単に拭い切れないことを本能的に感じ取っていた俺は、立ち上がる気力すら湧かずにしばらくそのまま床にへたり込み続けるのであった。

第五章　ひよりさんとラーメン屋さんと雨の日

「豚骨醤油ラーメン煮卵トッピング、おまち。こっちは特製豚骨醤油チャーシューメン大盛り野菜マシトッピングね」

「う、うおぉ……っ⁉」

ちょっと顔が厳つい店主さんがテーブルに置いたラーメンを目の当たりにした僕は、思わずそう呻いてしまった。

漂うのはこってりとした豚骨醤油ラーメンのいい匂い。だが、それを以てしても隠し切れない圧が目の前のラーメンから放たれている。

もう一つのラーメンと比較しても明らかに多い太麺の量。その上には茹でたキャベツともやし、にんじんの細切りが山のように盛られており、更にそこに煮卵やら厚切りのチャーシューやらのトッピングがヤケクソ気味に追加されていた。

美味しそうなのは間違いないのだが、見ているとそれより先にヤバそうという感想が出てくる特製豚骨醤油チャーシューメン大盛り野菜マシトッピングの量に僕が気圧される中、にゅっと伸びてきた手がその丼を掴み、自分の側へと引き寄せる。

「う〜ん、やっぱり勘違いされちゃったか〜。お店の人も、これをあたしが食べるとは思わなかったんだろうね」

そう言いながら、圧の結晶とでも呼ぶべき大盛りのラーメンを引き寄せたひよりさんが、もう一方の普通（それでも結構大盛りだ）のラーメンを僕の方へと寄せる。

確かに彼女の言う通り、暴食の権化と言って差し支えない特盛ラーメンを大柄な男と小柄な女の子のどちらが食べるのかと問われれば、大半の人間が間違いなく前者だと答えるだろう。

バイキングの時も思ったが、やっぱりひよりさんって見た目からは想像もつかない大食いだよな〜と考える僕へと、両手を合わせた彼女が笑顔で声をかけてきた。

「さ、麺が伸びる前に食べちゃおうよ！　いっただっきま〜す‼」

「あはは……いただきます」

割り箸を手に、特盛のラーメンを食べ始めたひよりさんの姿に苦笑しながら、僕もまた自分の分のラーメンへと箸を伸ばす。

よくスープに絡んだ太麺を啜ってみれば、こってりとしていながらもくどくない豚骨醤油の風味が口の中に広がり、その美味しさに僕は思わず頷いていた。

「うん、美味しい。これなら量が多くてもスイスイ食べられそうだ」

「学校でうわさになるだけあって、すごく美味しいね！　本当に幾らでも食べられちゃいそうだよ！」

　そう嬉しそうに語るひよりさんは、既に上の野菜を七割ほど片付け、麺を啜り始めていた。

　大食いもそうだが、早食いに関してもかなりのものだよなとまたしても苦笑した僕は、割った煮卵を頬張ってその味を楽しむ。

　そうしながらガラス張りの自動ドアの向こう側に見える外の景色を見つめ、未だに雨脚が弱まる気配がないことを見て取りながら、ここに来るまでに冷えた体を温めるために、ラーメンを食べ続けた。

……現在時刻、午後五時。本日、我が家には誰もいない状況になっている。

　母は仕事で遅くなり、次男の雅人は受験勉強に備えて友達と勉強合宿、三男の大我もそういうことならと柔道部の友達とどこかで食事をしてから帰ってくるとのことだ。

　というわけで、本日は外食をしようと決めた僕へと、ひよりさんが食事のお誘いをかけてきた。

　渡りに船ということでそのお誘いをありがたく受けることに決めた僕は、彼女に案内されて学校付近にある美味しいと評判のラーメン屋にやって来た、というわけだ。

「それにしても、天気予報もあてにならないよね。おかげでこんな天気の日に、薄着で出掛ける羽目になっちゃったよ」

「確かにね……まあ、そういう日もあるでしょ」

この日は天気予報でも報じられていなかった雨で、外では小雨が降り続けている。

折り畳み傘なんかも持っていなかった僕たちは学校の近くにあったコンビニでビニール傘を買い、ここまでやって来ていた。

最近、気温も高くなっていたせいか上着も着ずにワイシャツ一枚だけで学校に来ていたひよりさんは、雨のせいで急に寒くなったことに文句を言っていたが……その寒さがラーメンの美味しさを引き出すスパイスになってくれているようだ。

「最初は雨だからめんどくさいって思ったけど、こうなると逆に有りって気がしてきたね！　体が冷えてた分、ラーメンの温かさが染みる～……！」

実に美味しそうにそう言いながらレンゲでスープを飲むひよりさんの丼の中からは、既に麺と具材が半分以上消え去っていた。

これはとんでもない速度だと僕が慌てる中、少しだけ食べるペースを落としたひよりさんが話しかけてくる。

「ごめんね。もうちょっとゆっくりできるところの方が良いかと思ったんだけど、ファミレスとかだと学校のみんなに見つかっちゃいそうだったから……」

「大丈夫だよ。僕もこのお店は気になってたし、今日は早めに帰らないとマズそうだから、短時間で食べられるラーメンを選んでくれて助かったよ」

ひよりさんとのんびりおしゃべりをしながらご飯を食べたくはあったが、先ほどからどんどん雨脚は強くなっている。

今は小雨だが、もう少ししたら本降りになるだろう。そうなったらひよりさんが心配だ。だから、今日は早めに食べて帰宅できるラーメンがベストだったと、そんな僕の答えを聞いたひよりさんは少しだけ安堵した表情を浮かべてくれた。

悪天候もあってかガラガラなお店の中、テーブル席で向かい合ってラーメンを食べる僕は、ひよりさんへとこんな話題を振る。

「なんか、ひよりさんとこうしてどこかに出掛ける時って、ご飯を食べるのが定番になってるよね。まあ、まだ二回しか遊んでないんだけどさ」

「確かに。今日はラーメンで、この間はケーキバイキング……こんな馬鹿食いしてたら、流石のあたしも太っちゃうよ～！」

「あはは。でも、いいんじゃない？　僕はいっぱい食べるひよりさんが好きだよ？」

「む～……！　そう言ってもらえるのは嬉しいけど、あたしとしてはぶくぶく太った姿を雄介くんに見せたくはないんだよなぁ……」

　そう言いながら、注文してしまった特盛ラーメン（既に七割は消えている）を見つめたひよりさんがため息を吐く。

　話題を間違ったかと慌てた僕は、咳払いをした後で彼女へとこう提案した。

「じゃ、じゃあさ！　次は運動できる場所に遊びに行くっていうのはどう？　ボウリングとか、ミニバスとか、そういうところで体を動かせば、ちょっとしたダイエットになるでしょ？」

「おお、いいね。地味に次のデートの約束を取り付けようとしているところがポイント高い。でもなあ……」

「あ～……何か駄目だった？」

　ちょっと驚いた後、嬉しそうに笑いながら僕を褒めてくれたひよりさんだったけれど、複雑な表情を浮かべつつ難色を示した。

　何か問題があるのかと僕が聞けば、彼女は自分の服装に視線を落としながらこう答えてみせる。

「ほら、学校帰りに遊びに行くってなると、あたしって制服姿なわけじゃん？　その状態で運動するとさ、スカートが捲れて大変なことになるっていうか……」

「そ、そっか……気が回らなかったよ、ごめん」

「ううん、気にしないで。やっぱそういうところが問題だし、スポーツ系の遊びをするなら土日ってことになっちゃうよね～」

赤裸々に理由を語った後、難しい表情を浮かべながらラーメンを啜るひよりさん。

確かにそういう事情もあるかと、恥ずかしさを覚えながら彼女に倣った僕へと、顔を上げたひよりさんが言う。

「もしかしてだけど雄介くん、そういうの期待してた？　パンチラを拝めるシチュエーションを希望してる的な？」

「ぐふっ⁉　そんなわけないでしょ⁉　僕はそんな変なことを考えるような男じゃないって‼」

「……あたしの尻拓、まじまじ見つめてたくせに？」

「ぐっ⁉　あ、あれは事故みたいなものだったっていうか、決して期待してたわけじゃ――」

滅茶苦茶痛いところを突かれた僕が必死に弁明するも、ひよりさんはそんな僕の反応を楽しむようにニヤニヤと笑っている。

既に空になった自分の丼を脇に寄せたひよりさんは空けたスペースに自分の胸を乗せると、僕をからかうような笑みを浮かべながら口を開いた。

「まあまあ、そう焦らないで。雄介くんも年頃の男の子なんだから、おっきなおっぱいやお尻や女の子の下着に興味を持つのは当たり前だって！」

「いやだから、そういうんじゃないから！」

「ちなみにだけど、今日のあたしの下着の色はピンク色で～す！　上下セットで売ってたお気に入りのやつ！　いや～、このサイズだとなかなかかわいいのが見つからないから、こういうのは貴重なんだよね～！　雄介くん、見たい？　ちょっとボタン外そっか？」

「結構です！」

白いワイシャツに首からリボンを下げた涼し気な格好をしているひよりさんが、うりうりとテーブルに乗せた自分の胸を強調しながら言う。

ちょいちょいと制服のボタンを指差して笑う彼女にツッコミを入れた僕は、羞恥をごまかすように一心不乱にラーメンを食べ始めた。

「ふふふっ！　雄介くんって本当にかわいいよね～！　からかい甲斐があるというか、ついついいじりたくなっちゃうっていうかさ～……！」

「僕で遊ばないでよ。っていうか、女の子なんだからそういう発言は慎みなって」

「は～い、気を付けま～す！　ほら、餃子分けてあげるから許してよ。ねっ？」

そう言ったひよりさんが、いつの間にか注文してあった餃子を箸で取り、僕へと差し出してくる。

俗にいう、あ～んをするよう促しながら微笑む彼女がまた僕をからかっていることを理解しながら、僕は色々と諦め、差し出された餃子を頬張るのであった。

「ごちそうさまでした。美味しかったです」

「ありがとうございました～！」

それからしばらくして、ラーメンを食べ終わった僕たちはテーブルを綺麗にしてからラーメン屋の店主さんに声をかけた。

こういう時、ごちそうさまの挨拶は大事だ。作ってくれた人への感謝と敬意を示さなければ。

と、ちょっとした癖みたいになっている挨拶をした後でお店を出ようとした僕であったが、そこで先に外に出ようとしていたひよりさんが大声を上げる。

驚いた僕に対して、振り返った彼女は外の傘立てを指差しながら慌てた様子で言ってきた。

「雄介くん、ヤバいよ！　あたしたちの傘、盗まれちゃってる‼」

「えっ⁉　あっ、本当だ……‼」

そう言われて傘立てを見てみれば、確かにそこに差したはずの傘たちがなくなっている

ではないか。

風で吹き飛ばされるはずもないし、誰かが盗んでいったのだろうというひよりさんの言葉に同意した僕は、かなり強くなっている雨脚を確認しながら顔を顰めた。

「マズいな……流石にこの雨の中を歩いて帰るのはしんどいぞ……」

「ここに来るまで、近くにコンビニとかなかったよね？　バス停とかも見当たらなかったし……」

この辺りの地理には詳しくないが、見た感じはバス停もコンビニもなさそうだ。

自分はまだ平気だが、この雨の中を薄着のひよりさんが歩くのは大変だろうと思いながら、どうにかできないかと考えていた僕は、不意に肩を叩かれて思わずそちらを振り返った。

「おい、兄ちゃん」

「えっ……？」

振り返った僕は、自分へと差し出されたビニール傘とそれを差し出している強面の店主

さんの顔を見て、二度驚いてしまった。

その二つを交互に見つめる僕に対して、店主さんが言う。

「これ、使いな。こういう時のために、何本かビニール傘を用意してるんだ。ただ、数に限りがあってな。悪いがこの一本で我慢してくれ」

「いいんですか⁉ 助かります！ ありがとうございます‼」

「感謝してくれるのなら、傘を返すついでにまたラーメンを食べに来てくれよ。二人一緒にな」

顔は怖いが気のいい店主さんが、笑みを浮かべながら僕たちへと言う。

ありがたくそのご厚意に甘えることにした僕は、ついでに最寄りのバス停の場所も教えてもらってから店の外に出ると、ひよりさんに傘を渡しながら口を開いた。

「じゃあ、ひよりさんはこれを使ってよ。僕は走って帰るからさ」

ひよりさんには傘を使ってもらって、僕は全力疾走でバス停まで向かう。これがベストな方策だ。

……そう、僕は考えていたのだが、ひよりさんは目を細めるとそんな僕に対してダメ出しをしてきた。

「何言ってるの？ 雄介くんも使えばいいでしょ？」

「いや、傘は一本しかないんだから、僕が使うわけにはいかないって」

「だから、二人で使えばいいじゃん！」

そう言いながら傘を開いたひよりさんが、そのサイズを確かめるように上を見上げる。

僕から見ても、二人入れなくもないな……的なサイズだったそれを見て、うんうんと頷いた彼女は、傘を僕へと差し出しながら改めて言った。

「ほら、二人で使おうよ。あたし、雄介くんが無理してびしょ濡れになって風邪ひいたりするの、嫌だからさ」

「うっ、う～ん……わかったよ」

少し気恥ずかしくもあるが、ひよりさんにそう言われてしまっては断るわけにはいかない。

体の丈夫さには自信があるが、万が一にも彼女を悲しませるようなことにならないためにも、ここは恥ずかしさを我慢するべきだろう。

「えっと、じゃあ、行こうか」

「うん、よろしくね！」

少し戸惑いながらもひよりさんから傘を受け取り、彼女と一緒にその中に入る。

できるだけ彼女が濡れないように彼女側に面積を広く取って傘を傾けながら、横からの雨を少しでも防げるように少し屈んで歩く僕は、ひよりさんへと声をかけた。

「大丈夫？　傘の位置高いから、横から雨が入ってくるでしょ？」

「あたしは平気だよ！　っていうか、そう言う雄介くんの方こそ少しは雨を防ごうとしなって！　あたしを気遣い過ぎて、ほとんど浴びまくってるじゃん！」

「僕のことはいいから。ひよりさんの方が薄着なんだし、濡れて体を冷やさないようにしないと……」

「それはそうかもだけど……ええい！　遠慮し過ぎ！　せめてもう少しくっつきなって‼」

「ちょっ⁉　ひよりさん⁉　わわっ⁉」

そう叫んだひよりさんが、急に僕との距離を詰めてくる。

できる限り下げていた左腕を両手で掴み、少しでも僕が傘に入る面積を増やすように僕にくっついてきた彼女は、ぴったりと密着しながら体を押し付けてきた。

僕の二の腕を掴んで自分の側に引き寄せ、もう片方の腕で胸を下から支えるようにするひよりさんは、僕の左肘を自分の胸の谷間に挟むような状態にする。

柔らかくて大きな胸の感触と、それを肘置きにしてしまっている状況に慌てた僕は、彼女の方を見ながら大声で注意した。

「ひ、ひよりさん！　その、もう少し離れてもらえないかな……？」

「それはダメ。離れたら雄介（ゆうすけ）くんがまたあたしを優先するだろうし、そしたらあなたが濡れちゃうしね」

「でっ、でも、胸が当たって――」

「ちっ、ちっ、ちっ……！　それは違うよ、雄介くん」

芝居がかった動きで指を振った後、僕へとしがみついてさらに胸を押し当ててきたひよりさんが言う。

その感触に、腕から感じる彼女の体温に驚いて硬直する僕へと、ニヤリと笑った彼女は楽し気な声でこう告げた。

「これは当たってるんじゃなくって……当ててるんだよ」

「あ、当てっ……!?」

やや上目遣いで、からかうような笑みを浮かべながらのひよりさんの言葉に、思わず息を呑む。

そう言いながらさらに胸を押し当ててきた彼女の動きにはっとした僕は、咳払（せきばら）いをしてから歩き出すと共に口を開いた。

「か、からかわないでよ……！　僕、そういうのに慣れてないんだから……!!」

「あははっ！　ごめん、ごめん！　憧れの台詞を言えるチャンスだったから、つい……」

「わかったから、腕を放してって！　離れた方がいいって！」

「それは無理！　あたしが離れたら、雄介くんがまたずぶ濡れになるでしょ？　だから、少しでも二人で傘の中に入れるようにこうするから‼」

　ぎゅ～っとひよりさんが強く僕の腕に抱き着けば、腕と肘に当たる胸の感触もよりはっきりと感じられるようになる。

　雨が降りしきる寒空の下、恥ずかしさに顔を真っ赤にする僕が頬に熱を感じる中、にや～っと笑いながらひよりさんが言った。

「ちょうどいい高さで良かったね～！　雄介くんも腕が楽でいいでしょ～？」

「逆に色々しんどいんだけど⁉　わかったからさ、そうやって強引に押し付けるのは止めてよ‼」

「よし！　ならいいでしょう！　ただし、少しでも気を抜いたらまたぎゅ～ってするからね！」

　そう言って腕の力を緩めてくれたひよりさんのおかげで緊張から脱することができた僕であったが、それでも完全に気が抜けるわけでもない。

　少なくとも、吹き付ける風と雨を避けるように身を寄せてくるひよりさんと僕の体は大分くっついていて、腕を掴む小さな手の感触も僕を緊張させてくる。

ただ、その手の温度が随分と冷たいことにも気付いてしまって、思わずそのことを口に出してしまっていた。

「ひよりさん、手がかなり冷たいけど、大丈夫？　やっぱりその格好だと寒いでしょ？」

「あはは、そうだね。この雨の中で上着がないのはしんどいなぁ……」

シャツの上からブレザーを着ている僕とは違って、ひよりさんは薄いシャツ一枚だけなのだ。

雨に濡れた状態で冷たい風を浴びたら、凍えてしまうくらいに寒いだろうなと考えて彼女を心配する僕へと、今度はひよりさんが謝る。

「……ごめんね、雄介くん。あたしのせいで大分無理させちゃってさ」

「えっ？　なんでひよりさんが謝るの？」

「だって、あたしの歩幅に合わせたり屈みながら歩いたりしてるせいで、ペースが落ちてるでしょ？　雄介くん一人なら、もうバス停に着いててもおかしくないのにさ……あのお店に行こうって言ったのもあたしじゃん。雨も強くなりそうだったんだから、もっと家から近いお店を選ぶべきだったよ。ごめん」

「そんな、謝らないでよ！　悪いのは僕たちの傘を盗んだ誰かであって、ひよりさんは悪くないって！」

「でも――」

どうやらひよりさんはこの状況に責任を感じているようだ。

彼女を思って気を遣っていたのだが、そのせいで僕に負担がかかっていると思わせてしまったらしい。

先の胸を当ててきた強引な行動も、からかっているように見せて僕に無理をさせないようにするためにやったことなのだろう。

それを理解した僕は凹むひよりさんの言葉を遮って、励ましの言葉と正直な自分の気持ちを伝えていく。

「本当に気にする必要なんてないよ。さっきも言ったけど、悪いのは僕たちの傘を盗んだ誰かであってひよりさんの責任なんかじゃないって。それに……その、この状況も嫌じゃないっていうか、むしろラッキーっていうか……」

「え……？」

きょとんとした様子でこちらを見上げてくるひよりさんの視線から、ついつい顔を逸らしてしまう。

自分でも似合わないだろうなと思いながらも、僕は自分の正直な想いを彼女へと述べる。

「こうしてひよりさんと相合傘できて、男としては嬉しいっていうか、なんていうか……傘を盗まれたことはアンラッキーだけど、それを差し引いても十分プラスだなって思ってます、はい」

くっつかれるのも、胸を当てられるのも、一緒の傘に体を縮こませながら入るのも……恥ずかしいが嫌じゃない。

むしろひよりさんを普段より近くに感じられて、僕としては嬉しい限りだ。唯一、彼女が風邪をひかないかが気掛かりだが、そういった部分を抜けば、決して嫌なことなんかじゃなかった。

「美味しいラーメンも食べられて、こうして相合傘をしながらおしゃべりできて、僕は楽しいよ。だから、ひよりさんが自分のせいで～なんて考える必要はないから」

「……そっか。雄介くん、あたしと相合傘ができて嬉しいんだ。えへへっ、そうですか～……！」

僕の言葉を聞いたひよりさんが、それを噛み締めるように繰り返し呟く。

そうしたと思ったら静かに、だけど嬉しそうに声を弾ませながらぎゅっと腕に力を籠めて、体を寄せてきた。

それがからかいではなく、親愛と喜びを示していることは僕にだってわかる。

ほんの少しだけ冷えていたひよりさんの体が温かくなっていることや、彼女の顔がほんのりと赤く染まっているように見えるのは、僕の勘違いだろうか？

そうしながら雨の中を歩き続けた僕たちの前に、目指していたバス停が姿を現す。

ありがたいことに雨を凌げる屋根付きのそれを目にした僕たちは少しだけ歩くペースを速めてその中に飛び込むと、ようやく一息ついた。

「屋根付きで助かった～！　えっと、タオルタオル……！」

「僕、バスの時間を確認してくるよ。ちょっと待ってて」

バス停のベンチの上に鞄を置き、中身を漁り始めたひよりさんにそう言って、再び屋根の外に出る。

バスの時刻表を確認した僕は、ささっと屋根の下に戻って今見た内容を報告しようとしたのだが……？

「バス、あと十分くらいで来るみたい……ぶふっ⁉」

「雄介くん⁉　ど、どうしたの、急に⁉」

ひよりさんへと報告しながら彼女を見た僕は、その姿に驚いて噴き出してしまった。

僕のその反応にひよりさんも驚いてしまって、慌てた彼女がこちらを見やる中、言いにくいことだけれどもと咳き込みながら僕が理由を伝える。

「いや、その……シャツが透けて、下着が……」

「へっ？　あっ……‼」

僕に言われて、ひよりさんも自分の状態に気付いたようだ。

吹き荒ぶ風雨によってびっしょりと濡れたシャツは体に張り付いていて、その下に隠れているひよりさんの下着や肌が透けて見えてしまっている。

大きな曲線を描く透けた肌と、それを覆うピンク色の下着をばっちりと見てしまった僕は、堪らない恥ずかしさに手で口を覆って視線を逸らすことしかできずにいた。

「うっわ～……！　まあ、結構濡れちゃったし、当然っちゃ当然かぁ……」

「ごめん。見るつもりはなかったんだけど、事故で……」

「雄介くんが謝ることないって！　ラッキースケベだって思いなよ！　それにほら、あたしが嘘吐いてないって、これで証明できたでしょ？」

「ラーメン屋で言った通り、ピンク色の下着だよ～！」とおどけながら、透けたシャツに覆われている自分の胸を見せつけてくるひよりさん。

確かに嘘は吐いていなかったが、これでツイてるだなんて思っちゃいけないよなと考える中、ひよりさんが言う。

「ま、見られたのが雄介くんだけで良かったよ！　むしろほら、あたしとしても自分の武器をアピールできたから、これはこれでラッキー？　みたいな？」

「許してもらえたのはありがたいけど、その格好はマズいでしょ？　この後、バスに乗るんだしさ……」

「う～ん……そこはほら、タオルをこうすればどうにかなるよ！」

そう言って、自分の胸に広げたタオルを乗せたひよりさんが僕へと言う。

確かにそれで胸の大部分を隠せてはいるが、角度によってはピンク色の下着が見えてしまっている。

何より、それで隠せるのは胸の部分だけで、背中や肩といった部分は全く隠せていない。

この状態で、人が大勢乗っているバスに乗るのか……と考えて居ても立ってもいられなくなった僕は、自分のブレザーを脱いでひよりさんへと差し出しながら大声で言った。

「少し濡れてるけど、これ使って！　隠そうと思えば、それで全部隠せるはずだから！　服を手で押さえてる間は僕がひよりさんの荷物を持つから、とにかく体を隠すことに専念して！」

僕とひよりさんには三十センチ以上の身長差がある。ブレザーのサイズも同等のサイズ差があって、普通に着ればぶかぶかだ。

だけど、そのサイズ差を上手く使えば、今のひよりさんの無防備な格好も隠せるはず。

ん普通に羽織るのではなく、体を隠すように深く着込めば大丈夫だと言う僕へと、ひよりさんが慌てて反対意見を述べる。

「えっ⁉　だ、駄目だよ！　気遣いはありがたいけど、そうしたら雄介くんが薄着になっちゃうじゃん！　いくらバスの中とはいえ、濡れた体で薄着になったら寒いでしょ？」

「大丈夫だから！　僕のことは気にしないで！」

確かに少し寒いけど、それはひよりさんの方がひどいはずだ。

何より、これはただの気遣いではないと……そういう気持ちを抱く僕は、バスが来るまでに彼女を説得すべく、真っすぐに気持ちをぶつけていった。

「これは気遣いって言うより、僕がそうしてほしくて言ってるんだよ！　ひよりさんが僕に風邪をひいてほしくないから相合傘をしようって言ったのと同じ！」

「いや、それも気遣いの一環でしょ？　気持ちはありがたいけど、タオルで隠すので十分――」

「そうじゃなくって！　僕が嫌なの！」

「えっ……？」

あくまで僕を気遣ってブレザーを返そうとするひよりさんに、大声で応える。

今の自分がひどい顔をしていることは自覚していたが、今度は顔を逸らしちゃ駄目だ。

ちゃんと、言わなくちゃ。

　さっきの言葉に驚くひよりさんを見つめ返しながら、込み上げる恥ずかしさをぐっと堪える僕は彼女の目を真っすぐに見つめ、こう続ける。

「ひよりさんは平気かもしれないけど、僕が嫌なんだよ。その……ひよりさんのそんな格好、他の誰にも見せたくない。他の誰にも見せないように、隠してほしい。だから、僕の上着を使ってほしいんだ」

「……!?」

「だからこれは、気遣いって言うより……僕の我がままだよ。何を言ってるんだって話だけどさ……」

　本当に、自分でも何を言っているんだって思う。

　彼氏でもなんでもないただの友達が、いっちょ前に独占欲じみたものを見せるだなんて、気持ちが悪いではないか。

　それでも、やっぱり本音を隠したりはできないし、今のひよりさんを大勢の人たちの前に出して、注目させたくはない。

　これなら普通にお願いした方が良かったんじゃないかと後悔し始めた僕であったが、一瞬、俯いた隙にごそごそと音がして、驚いて顔を上げた僕へとひよりさんが声をかけてくる。

「えへへ……！　ぶかぶかだぁ。雄介くんって、やっぱり大きいね……！」

僕のブレザーを羽織り、頑張って袖を通したひよりさんが柔らかな笑みを浮かべながら言う。

自分で自分を抱き締めるようにキツくそれを着こみ、胸だけでなく体全体を覆い隠したひよりさんは、どこか嬉しそうに笑っていた。

「雄介くんがそう言うのなら、仕方ないよね。ありがたく使わせてもらうよ」

「あ～……うん、良かった。濡れてるけど、寒くない？」

「大丈夫だよ～！　こうしてると、なんだか雄介くんに抱き締められてる気分になるしさ……！」

薄目で僕を見つめながら、ひよりさんがどこか甘さを感じさせる声で囁く。

その場面を想像して恥ずかしくなった僕は、今度こそ耐え切れなくなった羞恥に顔を赤らめながら、嬉しそうなひよりさんから目を逸らすのであった。

「むふ、ふふ、むふふふふふ……！」

自分でもびっくりするくらいに気持ちの悪い笑い声がお風呂場に響いた。

それを自覚していながらも止めることのできないあたしは、温かいお湯の中で足をバタバタと動かしながら随分と大きな独り言を呟く。

「雄介くんってば、本当に……！　本当にもう！　って感じなんだから、もうっ‼」

そう叫んだ後、頭の天辺までお湯の中に体を沈めたあたしは、息の限界まで潜った後で思い切り立ち上がる。

ざぱぁんっ！　という音と共にお湯が波打ち、立ち上がる勢いによって風呂の中のお湯が飛び散る中、落ち着かない気持ちを抱えたまま再び座り込んだあたしは、ニマニマと笑いながら今度は小さな声で独り言を呟いた。

「誰にも見せたくない、かぁ……！　本当に、なぁ……‼」

ラーメンを食べて、降りしきる雨の中を相合傘で移動して、バス停で服が透けてることに気付いて……そんなあたしに自分の制服を差し出しながらの雄介くんの言葉を、何度振り返っただろう。

そこまで気遣いの連続であたしを優先してきた彼が唐突に自分の気持ちを主張してきた時には驚いたが、なんだかもう、そんな必死な雄介くんがかわいくて愛しくて堪らなかった。

「いっちょ前に彼氏みたいなことを言ってさ～……本当にかわいいんだから……！」

他の誰にも見せたくない……本当にかわいい独占欲を発揮した雄介くんのその言葉は、あたしの胸に深く突き刺さった。

あたしに自分のブレザーを着させ、透けたシャツを隠させながらバスに乗り込んで、移動の最中もずっと周囲を警戒して……。

タクシーに乗り込むその瞬間まで気を遣い続けてくれた雄介くんは、結局、自分の制服をあたしに貸したまま別れてしまった。

寒かっただろうに、あたしの下着を誰にも見せたくないという独占欲を優先した彼のことを思い返すと、ついつい笑みがこぼれてしまう。

だが、それ以上に……あたしは今、嬉しくて嬉しくて仕方がなかった。

「大切にされてるなぁ、あたし……！　ふっ、ふふふ……っ！」

最初に傘をあたしに使わせようとしたり、相合傘の最中にあたしが濡れないようにしてくれたり、ブレザーを貸してくれたり……今日の帰り道だけで、雄介くんの優しさをいっぱい感じることができた。

その優しさの一つ一つを感じる度に、心臓がどくん、どくんと高鳴って……どうしようもなく嬉しくなってしまったことを覚えている。

自分は濡れてもいいから、あたしに少しでも広く傘を使ってほしい。

寒さを感じようとも、あたしの恥ずかしい姿を不特定多数の人間に見せたくなんかない。

帰るのが遅くなり、濡れる時間や寒さを感じる時間が長くなろうとも、あたしのことを優先したい。

雄介くんの下心のない優しさが、気遣いが、思いやりが……あたしに、大切にされているという実感を味わわせてくれた。

その実感は温かい幸せへと形を変えて、どうしようもない幸福感をあたしの中に広げ続けている。

多分、仁秀に裏切られて間もない今だからこそ、というのもあるのだろう。

寒い日に食べるラーメンが美味しく感じられるように、雨で冷えた体を温めるお風呂が普段以上の温もりを与えてくれるように、信じていた相手に裏切られた直後だったからこそ、雄介くんからの優しさがとても温かく感じられた。

浮気してあたしを裏切った仁秀とは真逆の、あたしのことを大切にしたいという気持ちが……雄介くんの一つ一つの行動からじんわりと伝わってくる。

それが本当に優しくて、温かくて、あたしに幸せを感じさせてくれている。

嬉しくて泣きそうになるくらいに……今、あたしは幸せだ。

思ってしまう。

「本当にもう、落ちてるどころの話じゃないって……！　ヤバいって、あたし……！」

好きな人に大切にしてもらえるのって、こんなに幸せだったんだ。

あたしだけに向けられる優しさも、独占欲も、温もりも、もっともっと感じていたいと思ってしまう。

同時に、この幸せを雄介くんにも味わってもらいたいとも思う。

どくん、どくんと脈打つ鼓動がどんどん強くなって、温かな何かが体の中で広がることを感じたあたしは、もう一度頭までお湯の中に体を沈めた後で浮かび上がり、呟く。

「本当に、大好きになっちゃってるなぁ……」

どうやらあたしは自分が思っている以上に雄介くんのことが好きになっているらしい。

相合傘をしてる時も「当ててんのよ」攻撃を仕掛けたが、心の中では緊張でガチガチになっていたことはバレてないだろうか？

こう考えるとだが……傘を盗まれたことは、むしろラッキーだったのかもしれないと思う。

おかげで雄介くんの優しさを降りしきっていた雨以上に感じることができたし、そのおかげでとても甘くて温かい幸せを感じることもできた。

おまけに傘を返すという名目でもう一度あのラーメン屋さんに行く口実もできたわけだ

し、ほぼ確定的にデートの機会をもらえたことも喜ばしいことだ。

あたし的にはかなりハッピーな時間を過ごせたわけで、その点については傘泥棒に感謝しよう。

ただし、だからといってやったことを許すわけではない。

普通にムカついたし、犯人がわかったら股間を蹴り上げてやりたい気分だ。

それに、万が一にもこれで雄介くんが体調を崩したら、犯人を絶対に許せなくなる。

一生かけても呪い続けてやるからなと思いながら立ち上がり、お風呂を出たあたしは、十分過ぎるくらいに温まった体をバスタオルで拭きながら、この後に自分がすべきことを口にした。

「制服、ちゃんと乾かして綺麗にしておかないとね。明日、雄介くんに返すんだからさ」

借りた物はちゃんとした状態で返す。人として当たり前のことだ。

雄介くんから借りたブレザーもしっかりと綺麗にして、彼に返さなくては。

しっかり乾かして、アイロンをかけることも考えて、シワにならないように畳んでおこう。

あたしの手入れが不十分だったせいで雄介くんが学校で恥ずかしい目に遭うだなんてことがないように……と考えたところで、あたしはふとこんなことを思った。

「なんかこれ、お嫁さんみたいじゃん……」

まるで旦那さんのスーツを手入れする奥さんみたいだなと思いながら、にんまりと笑う。

今、家に自分以外の誰もいなくて良かったと思いながら、雄介くんの制服を綺麗にしようと改めて考えたところで、スマホが通知音を響かせた。

「あ、雄介くんからだ！」

ちょうど彼のことを考えていた時に連絡がきたことを喜んだあたしが、ラインの画面を開く。

多分、あたしのことを心配してくれたんだろうな～と思っていたのだが……届いたメッセージは、予想と違うものだった。

【明日、ブレザー持って来なくて大丈夫です】

そんな彼からのメッセージにあたしは眉をひそめる。

どうしてだという質問を送ったあたしは、彼から返ってきた答えを見て、思わず息を呑んでしまった。

【風邪、ひいちゃいました……】

第六章　ひよりさんと風邪をひいた僕の一日

【体調はどうですか？　仕事で少し遅くなりそうなので、申し訳ありませんがレトルトのお粥を食べてください。母より】

（心配させちゃってるな……わざわざ母さんが謝ることでもないのに……）

母からの不安そうなメッセージを確認した僕は、仕事で遅くなるという母からの謝罪にそんな申し訳なさを抱いていた。

トイレや冷蔵庫が置いてある台所に近いこっちの方が何かと便利だろうということで、リビングに敷かれた布団の中で改めて自分が家族に気を遣ってもらっていることを感じ、深くため息を吐く。

メッセージのついでに時間も確認してみれば、スマホのデジタル時計は午後四時前を表示していて……それを見た僕は、ぼんやりと色んなことを考える。

（久しぶりだな、風邪で学校を休むだなんて……もう授業も終わってるし、ひよりさんもそろそろ家に着いた頃かな……？）

昨日、体を冷やしてしまったせいで久方ぶりに体調を悪くしたなと思いながら布団に寝転がった僕は、天井を見上げながらそんなことを思った。

入学早々に学校を休んだことや家族に迷惑をかけてしまっていることもそうだが、ひよりさんのことも心配だ。

ブレザーの受け渡しの件でやむをえず風邪をひいてしまったことを報告してしまったが……よくよく考えれば、良くないことだったかもしれない。

僕が体調を崩したのは自分に上着を貸したせいだとひよりさんに思わせてしまったかもしれないなと、昨晩の行動を反省していた僕は、チャイムが鳴る音を耳にして上半身を起き上がらせた。

（ん、誰だ……？）

こんな時間に誰かが訪ねてくる心当たりなどないし、雅人(まさと)や大我(たいが)が帰ってくるにしたって早い気がする。

宅配便か何かかと思いながら立ち上がった僕が熱でふらつきながらも玄関に向かって扉を開ければ、そこには予想もしていなかった人物が立っていた。

「えっ？　ひ、ひよりさん⁉」

「こんにちは、雄介くん。いきなりで悪いけど、ちょっとお邪魔させてもらうね」

全く予想もしていなかった人物が玄関に立っていることに驚いて固まっている僕にそう言ったひよりさんが、すすすっと家の中に入ってくる。

僕に代わって扉の鍵をかけた彼女は、改めてこちらを向くと共に質問を投げかけてきた。

「体調はどう？　咳とか熱とか大丈夫？」

「あ、ああ、うん。そこまでひどくはないよ」

「そっか……ごめんね。あたしに上着を貸したせいで、こんなことになっちゃって……」

「い、いや、ひよりさんのせいじゃないよ！　そんなに気にしなくても大丈夫だから！」

制服を着ているひよりさんに対して、だらしないパジャマ姿でいる自分が恥ずかしくなった僕は、風邪とは別の理由で顔を熱くしながら答える。

慌てながらもどうにか気持ちを落ち着かせた僕は、そこで大きめの紙袋とレジ袋を持っている彼女を見て、今一番気になっていることを尋ねてみた。

「ところで、どうしてひよりさんはウチに……？」

「どうしてって、雄介くんを看病しに来たに決まってるじゃん！」

「えっ⁉　ええっ⁉」

彼女の口から飛び出した予想外の答えに、僕は目を丸くして驚くしかなかった。

そんな僕の前で靴を脱ぎ、家に上がったひよりさんが、色々な物が入っているレジ袋を揺らしながら言う。

「ほら！　雄介くんは風邪をひいてるんだから休んでなって！　ご飯とかは、あたしが作るからさ！」

「いや、そんな、悪いよ！　それに、僕の風邪をうつしちゃったらマズいし——！」

「そんなこと気にしないでってば！　今はあたしのことよりも、自分のことを心配してよ！」

ひよりさんにそう言ってもらえるのはありがたいが、今は嬉しさよりも申し訳なさの方が勝る。

流石にこんなことで看病なんてさせるわけにはいかないと考える僕であったが、そんな僕へとひよりさんが俯きながら呟く。

「……ごめんね。雄介くんが風邪をひいちゃったのも、あたしのせいだよね。いつもあたしに気を遣って、優しくしてくれるけど……雄介くんだって無敵じゃないんだもん。こうなって当たり前だよ」

……やっぱり昨日、彼女に体調を崩したことを報告すべきじゃなかった。

こんなふうに自分を責めてほしかったわけじゃなかった僕がひよりさんへと何かを言う

前に、顔を上げた彼女が口を開く。

「だからさ……今日くらいはあたしに頑張らせてよ。あたしだって雄介くんに優しくしたいし、いっぱい甘えてもらいたいんだ。今日だけでいいから……お願いします！」

「ひよりさん……」

深々と頭を下げながらお願いをしてくる彼女の姿に、僕の胸が少しだけ痛む。

だけど、ここまで想（おも）ってくれているひよりさんの気持ちも無下にできなかった僕は、小さく息を呑むと共に彼女へと言った。

「……わかった。じゃあ、今日はひよりさんに甘えさせてもらうね」

「本当⁉　ありがとう！　気合いを入れて看病するから、雄介くんはゆっくりしててね！」

僕の答えにぱあっと明るい笑みを浮かべたひよりさんが、ぐっと拳を握り締めながら言う。

お礼を言うのは看病してもらう僕の方だよなと苦笑した僕は、彼女と共にリビングへと戻っていった。

「飲み物とか色々買ってきたから、冷蔵庫にしまわせてもらうね。あと、お薬は飲んだ？」

「いや、まだかな。朝から何も食べてないから……」

「えっ、そうなの⁉　ダメだよ、何か食べなくちゃ風邪も治らないって！　食欲があるならあたしがお粥を作るよ！　それでお薬飲んで、ゆっくりして！」

「うん、そうさせてもらうよ。色々ありがとう、ひよりさん」

布団に入り上半身だけを起き上がらせながら、台所で動くひよりさんを見つめる僕が感謝の気持ちを伝える。

飲み物を入れた水筒を手に僕へと近付いてきた彼女は、優しい笑みを浮かべながらこう言ってくれた。

「今日はいっぱい甘えてね。雄介くんの言うこと、なんでも聞いてあげちゃうから！」

僕の頭を優しく撫(な)でた後、布団に寝かしつけたひよりさんが立ち上がる。

何とも甘いその言葉と感触に僕が心をときめかせる中、彼女は袋から買ってきた材料を取り出してお粥を作る準備を始めた。

「台所、使わせてもらうね。調理器具の場所はこの間のカレー作りの時に教えてもらったから、心配しなくて大丈夫だよ」

僕を安心させるように言うひよりさんへと、手を上げて返事をする。

そうした後で寝転がって料理の完成を待つ……ふりをして、僕はこっそり彼女の様子を窺ってみた。

「ふんふ〜ん、ふふふふ〜ん……」

　上機嫌に鼻歌を歌いながらお粥を作るひよりさんの手付きは、とても慣れているように見えた。

　持ってきた小さな土鍋でお湯を沸かし、ご飯を入れて柔らかくしている間にネギを切って……と、てきぱきと料理をこなしている。

　カレーを作った時も思ったけど、やっぱり上手だな……と考える僕は、ひよりさんはきっと家庭的なお嫁さんになるだろうなんてことをぼんやりと思ったりしていた。

「うん、これで良し！　あとはちょっと待機だね。雄介くん、何か必要な物とかある？」

「ああ、うん……大丈夫だよ」

「な〜に〜？　そんなにぼ〜っとしちゃって。もしかして、家庭的なあたしの姿に見とれちゃった〜？」

　ひよりさん的にはふざけたつもりなのかもしれないが、大正解だ。

　恥ずかしさに苦笑を浮かべるだけしかできなかった僕であったが、彼女はそんな僕の反応は気にせずに料理に集中している。

　そうこうしているうちに部屋の中にいい香りが漂い始めて……出来上がったお粥が入っ

た土鍋をおぼんに載せたひよりさんが、それを僕の元へと持ってきてくれた。

「はい、お待たせ。たまご粥だよ」

　そう言いながらひよりさんが土鍋の蓋を開ければ、湯気と共に優しい香りが立ち上った。

　ご飯の白と卵の黄色、上に散らされた三つ葉の緑の三色で鮮やかに彩られたそれをレンゲで掬った彼女は、ふーふーと息を吹きかけて冷ました後で僕へと差し出す。

「はい、あ～ん……！」

「いっ、いいよ、自分で食べられるって……！」

「そんなに遠慮しなくていいじゃん！　前もやったことだし、今日は完全に二人きりなんだしさ～！」

　確かにスイーツバイキングの時にもやったし、お店と違ってここは僕の家だから周囲の目も気にならないのだが……恥ずかしいものは恥ずかしい。

　それでも、熱でぼーっとしているせいか上手く頭が回らなかった僕は、反論を諦めて素直に口を開けることにした。

　そんな僕の反応に頷いたひよりさんは、そっとお粥を掬ったレンゲを咥えさせる。

「んっ、ん……美味しい……！」

「ホント!?　良かった～！　お口に合わなかったらどうしようって心配してたんだよ

〜！」

　塩のみで味付けされたたまご粥は優しい味がして、とても食べやすい。

　シンプルだが、その中に込められたひよりさんの想いが伝わってくるような味わいに胸を温かくした僕は、苦笑を浮かべながら彼女へと言った。

「ありがとう、ひよりさん。このお粥、すっごく美味しいよ。でも、やっぱりあ〜んは恥ずかしいから自分で食べるね」

「むぅ、恥ずかしがり屋さんめ〜！　あたしは楽しかったけど、そこまで言うなら仕方ないか〜……」

　一口食べさせたことで一応は満足してくれたのか、ひよりさんはレンゲを僕に渡してくれた。

　ゆっくりと彼女の優しさを噛み締めるように僕がたまご粥を食べる中、ひよりさんが薬と水を持ってくる。

「食べ終わったらこれ飲んでね。他にいつも飲んでる薬とかあるなら、そっちにするけど……」

「これで大丈夫だよ。何から何まで本当にありがとう、ひよりさん」

　色々と世話をしてくれるひよりさんに感謝しながらたまご粥を平らげた僕は、彼女が用意してくれた薬を飲んだ。

使い終わった食器を下げてもらって、一息ついたところで……僕は自分の体がじっとりと汗ばんでいることに気付く。

温かいお粥を食べたおかげで体温が上がったのだろう。

体を冷ますための汗をかき始めた僕を見たひよりさんは、慌てた様子でぱたぱたと駆け寄ってきた。

「わわっ!? 思ったよりいい感じに汗かいちゃってるね！ 着替えないとまた体が冷えちゃうよ！」

「ああ、そうだね……ごめん、そこの棚に替えのパジャマがあるから、取ってもらっていいかな？」

「了解！」

そう言って敬礼のポーズを取ったひよりさんが僕が指差した棚を漁り始める。

ものの数秒で替えのパジャマを発見した彼女であったが、それを僕に渡す前にこんなことを言ってきた。

「ちょっと待った！ その状態で着替えても新しいパジャマが汗だくになるだけだよ！ まずは汗を拭かなくっちゃ！」

「ああ、うん、そうだね……」

それもそうだと思いながら、上半身を起こした僕が着ているパジャマを脱ぐ。

そうした後でタオルを探そうとしたのだが、そこで膝立ちになったひよりさんが笑顔でタオルを持ちながら近付いてきた。

「じゃあ、体を拭いていくね！　背中を拭くのは大変そうだし、あたしがやった方がいいでしょ？」

「う、うん……そう、だね……？」

微妙によろしくない気がしたのだが、確かに背中側はひよりさんに拭いてもらった方が効率が良さそうではある。

熱で思考が鈍くなっていることもあって、僕は彼女に言われるがままに体を拭いてもらうことにした。

「ふふ……っ！　雄介くんの背中、おっきいね……！　男の背中、って感じだ」

「んっ……！」

ごしごしと背中をタオルで擦られながら、近い距離で囁かれた僕の心臓がドキンと跳ね上がる。

段々、これってやっぱりマズいんじゃないかと思い始めたところで、ひよりさんが背後から抱き着くようにしながら僕のお腹へと手を伸ばしてきた。

「おおっ！　雄介くん、腹筋バキバキじゃん！　流石は元運動部、鍛えてますなぁ！」

「うぐ……っ⁉」

タオルを持った手でお腹を触られるこそばゆい感覚が恥ずかしくもあったが、問題は前面よりも背面だ。

ほぼ密着と言っていいほどに強く抱き着いた状態で体を拭かれているせいで、僕の背中にはひよりさんの柔らかくて大きな胸が思いきり押し付けられている。

昨日、相合傘をした時にひよりさんから言われた「当ててるんだよ」という言葉を思い出してしまった僕が呻く中、ひよりさんも僕の胸に手を伸ばしていた。

「うっわ～、胸筋もしっかりしてる～！　あたしの胸とは大違いだね～！」

「あ、あの、ひよりさん？　少し離れてもらえる？　その胸が今、僕の背中に思いっきり押し当てられてるせいで落ち着かないんで……」

「え～？　あと少しで終わるから、もうちょっとだけ我慢して！　ねっ？　お願い！　あともう少しだけだから！」

ちょうどいいタイミングだったので報告とお願いをしたのだが、笑いながら断られてしまった。

もしかしなくともこれもわざとかと思いながら、もうツッコむ気力もなかった僕はなすがままに体を拭かれ、胸を押し当てられる。

ややあって、色々と落ち着かない状態であったが汗を拭いてもらった僕は、新しいパジャマに着替えた後で大きなあくびをしてしまった。

「ふふっ……！　お腹も膨れたし、薬が効いてきたのかな？」

「そうみたい……ごめん、ちょっと寝かせてもらうね」

「あたしのことは気にしないでいいから、ゆっくり休んで。寝苦しかったら、抱き枕になってあげようか？」

「ありがたい、けど……風邪をうつしちゃいそうだから、遠慮するよ……」

急に襲ってきた眠気にツッコミを放棄した僕は、うとうととしながらそう答えた。

ひよりさんはくすくすと笑った後、横になった僕の頭を撫でながら優しい声で言う。

「おやすみ、雄介くん。いい夢を見てね」

「うん……ありが、と……」

ちゃんと返事を言い終わる前に、重くなったまぶたをこれ以上開けていられなくなった僕が目を閉じる。

頭を撫でてくれるひよりさんの小さな手の感触に安らぎを覚えながら、僕は夢の世界に旅立っていった。

「ふふっ、もう寝ちゃった。熱で疲れてたんだね、きっと……」

ご飯を食べてお腹が膨れたおかげか、それとも薬が効いたのか、あっという間に眠りに就いてしまった雄介くんを見つめながら静かに呟く。

普段通りの優しくて、それでいてかわいい寝顔を見つめるあたしは、そっと彼の頭に手を伸ばした。

「髪、さらさらだなぁ……それに、思ったより長いんだね」

普段は三十センチ以上の身長差があるせいで届かない雄介くんの頭を、優しく撫でる。

こうして実際に触れてみないとわからなかった髪の感触だとか長さだとかを感じていると、ついつい笑みが浮かんでしまう。

指で髪を梳くように弄った後、また頭を撫でて……そうやって滅多に触れない雄介くんの頭から顔へと手を動かしたあたしは、彼のおでこに手を置いた。

静かに寝息を立てている雄介くんの額は、風邪をひいているせいかほんのりと熱を帯びていて……それを感じ取ったあたしの胸が、ズキッと痛んだ。

「ごめんね。あたし、また迷惑かけちゃったね」

後悔と申し訳なさに顔を伏せながら、あたしは眠っている彼へと謝罪する。

本当に……雄介くんには出会ってから迷惑をかけっぱなしだ。

上着を貸してくれたのも、「雨に濡れたせいで透けて見えるようになってしまったひよりさんの下着姿を他の誰にも見せたくない」っていう自分の個人的な我がままだと言ってくれたけど、気を遣われていることに変わりはない。

今日、看病した程度で返し切れる恩だとは思っていないし、感謝の気持ちもちゃんと伝えられていないと思っている。

当たり前のようにあたしのことを優先して、大切にしてくれる優しい彼に、どうやったらこの想いを伝えられるだろうか……と、雄介くんの頭を撫でながら考えていたあたしの目に、自分の大きな胸が映った。

「…………」

思い出してしまうのは、最悪の記憶。あたしを裏切った元カレの軽率で最低の言葉。

仁秀から言われた、「捨てられたくなかったら、少しくらいエロいことをさせてくれ」という言葉が不意に蘇ってきた。

……わかっている、雄介くんがあいつとは違うことくらい。そんな最低なことを優しい彼が望まないことなんて十分に理解できている。

だけど……雄介くんも普通の高校生で、そういう欲があることが自然だという考えもあたしの中にあった。

スポーツテストの時にあたしのお尻の大きさを見て取って動揺したみたいに、昨日、濡れて透けたあたしの下着を見て、顔を赤くしたみたいに……雄介くんにだってそういう気持ちがあって、あたしを女の子として見ているんだ。

だとするならば……と、その先のことを考えたあたしは、知らず知らずのうちにごくりと喉を鳴らして息を呑んでいた。

もしもあたしが、そういうことを許してあげたとしたら……雄介くんは、あたしのことを好きになってくれるだろうか？

彼は、ずっとあたしの傍に居続けてくれるのだろうか？

「……何考えてるんだろ。そんなの、雄介くんを困らせるだけだって」

彼に迫る自分自身の姿を想像したら、そんなあたしの行動に困った表情を浮かべる雄介くんの姿が自然と目に浮かんできた。

そこで自嘲気味に笑ったあたしは、大きく深呼吸して馬鹿みたいな自分の考えを振り払う。

今はあたしのせいで体調を崩した雄介くんの看病に集中すべきだ。こんな馬鹿なことを考えている場合じゃあない。

そうは思いつつも……忘れたと思っていた元カレの言葉が不意にフラッシュバックしたことで、あたしの心はざわめいていた。

「ダメだな。こんなんじゃ、雄介くんにまた気を遣わせちゃうよ」

雄介くんの前でこんなことを考えている自分が情けなくって、思わず自己嫌悪の言葉が口から飛び出してしまった。

もしもこんなみっともない気持ちを抱えた状態で彼が目を覚ましたら、きっと異変に気付かれてしまう。

雄介くんの看病に来たはずのあたしがあべこべに彼に気を遣ってもらうことになったら、何の意味もないどころかまた迷惑をかけるじゃないか。

眠っている雄介くんが目を覚ますまでに……どうにか気持ちを落ち着かせよう。

そう考えたあたしはそっと雄介くんの額から手を離すと、小さく息を吐いてから立ち上がった。

「雄介くんの夜ご飯作ろ。何かに集中すれば、くだらないモヤモヤも晴れるでしょ」

キッチンへと向かい、冷蔵庫にしまっておいた材料を取り出す。

お粥はさっき作ったから夜ご飯は別のものにしようと決めていたあたしは、買ってきた材料をキッチンへと並べていった。

「さっきの感じを見るに、食欲はありそうだけど……念のためってこともあるもんね」

お粥を残さず食べてくれたし、薬も効いているから目が覚めた時には雄介くんの熱も下がってると思う。

だけど、絶対に彼はまだ本調子ではないのだから、しっかりとそのことを考慮すべきだ。

鶏肉とネギの青い部分を一口大よりも少し小さい、具合が悪くても食べやすい大きさに切り、沸騰したお湯の中に入れる。

これだけでも美味しいうどんの汁になるだろうが、体調の悪い雄介くんのためにもう一工夫しよう。

爽やかな香りで食べやすさを増しつつ、食欲も出してもらえるよう、今回は柚子うどんを用意することにしていたあたしは柚子の皮を取り出すと、それを細く切っていった。

「うん、いい感じ！　お肉の様子はっと……」

材料を全て切り終えたら、鶏肉にしっかり火が通っているか確かめる。

一応、鶏肉を選んだのも「そういえば雄介くんの家のカレーはチキンカレーだったよな」という少し前に夜ご飯をご馳走になった時のレシピを思い出してのことだったのだが、これは気にし過ぎだったかもしれない。

普段から食べているのだから嫌いではないだろうし、大丈夫だよね……？　と、今さらながら若干不安になりつつも鶏肉に火が通っていることを確認したあたしは、柚子の果汁とお出汁を沸騰しているお湯の中に入れ、塩で味を調えていく。

後で温め直すことを考えて、お湯の量は少し多め、味も薄めにしよう。

そうしておけば、もう一度火にかけて煮詰まった時に味がちょうど良くなるはずだと考えながら、あたしは雄介くんのためだけの料理を作っていく。

（そういえばさっきお粥を作ってる時、雄介くん、あたしのことをじっと見てたな〜……もしかして本当に見とれてたりして！）

かなり調子に乗った考えだと思うし、単純に熱でぼ〜っとしていただけだとは思うけど……もしそうだったら、すごく嬉しい。

あたしが作ったお粥も残さず食べてくれたし、そういうところからも愛とか思いやりみたいなものを感じてしまって際限なく嬉しくなってしまうあたしは、ふんふんと鼻歌を歌いながら料理を仕上げていく。

「雄介くんが元気になりますように。美味しいって思ってくれますように……！」

鍋の中からふわりと漂う爽やかないい香りに料理が上手くいったことを確信したあたし

が、満足気に微笑(ほほえ)みながら甘い声で呟く。

　大切な隠し味は『愛』と『感謝の気持ち』……なんて恥ずかしいことを考えながら、これを食べてくれた雄介くんが元気になった姿を思い浮かべたあたしは、自分の心臓がゆっくりと大きくときめきの鼓動を打っていることを感じつつ、乱れていた心を落ち着かせていくのであった。


「んっ、んんっ……ふあぁぁぁぁぁ……！」

　鼻孔をくすぐるいい匂いに釣られて目を覚ました僕は、大きなあくびをしながら体を伸ばした。

　時計を確認し、自分が二時間ほど眠っていたことを理解した僕は、そこで眠る前に感じていた気だるさや熱っぽさが消えていることに気付く。

　体調を確かめるために軽く体を動かす中、そんな僕の様子を見たひよりさんが台所から声をかけてきた。

「あっ、雄介くん、起きたんだ。おはよう、体の調子はどう？」

「結構良くなったよ。熱も下がった感じがする」

そう言いながら髪を掻き上げたひよりさんが顔を近付け、自分と僕のおでこをくっつけてくる。

「本当⁉　どれどれ～？」

突然の急接近に驚いた僕が言葉を失う中、おでこ同士をくっつけることで熱を確かめた彼女が満面の笑みを浮かべて大きく頷いた。

「うん！　ばっちり熱が下がってる！　やっぱりご飯を食べたのが大きかったんだろうね！　良かった、これで一安心だ！」

「きゅ、急に顔を近付けないでよ……！　びっくりし過ぎて、心臓が止まるかと思った……！」

「あはははは っ！　あたしにキスされると思った？　本当に雄介くんってば、初心でかわいいんだから～！」

熱とは別の理由で顔を赤くした僕をからかうようにひよりさんがけらけらと笑う。

本当にいろんな形でドキドキさせてくるなと思いながら咳払いをした僕は、目を覚ますきっかけになったいい匂いの元について彼女に質問した。

「なんだかすごくいい匂いがするけど、何か作ってくれてるの？」

「うん。晩ご飯用にうどんのおつゆをね。お粥を食べてからそんなに経ってないけど、朝から何も食べてなかったんならまだお腹も空いてるんじゃないかなと思ってさ！」

あとはうどんを入れて茹でるだけにしておいたから、お腹が空いたときに食べちゃって！　と言って、照れ臭そうにひよりさんが笑う。

ほんのりと漂う柚子の香りは、体調が悪くても食べやすいようにと僕のことを考えてくれた彼女なりの気遣いなのだろう。

改めて周囲を見回して気付いたのだが、僕がお粥を食べる時に使った土鍋やレンゲも、着替えたパジャマもなくなっている。

僕が寝ている間に全て片付けてくれたんだな……と、一生懸命に看病してくれたひよりさんに感謝した僕は、彼女へとお礼の言葉を述べていった。

「本当にありがとう、ひよりさん。お見舞いに来てくれただけじゃなくて、食事の用意や着替えの手伝いまでしてもらえて助かったよ」

「気にしないで。言ったでしょ？　今日くらいはあたしに頑張らせて、ってさ。雄介くんに甘えてもらえて、あたしの方こそすごく嬉しかったよ」

僕の感謝の言葉に対して、微笑みを浮かべたひよりさんが優しい声で言う。

遠慮や嘘ではなく、本心からそう言ってくれていることを感じた僕が気恥ずかしさに顔を赤くして頬を掻けば、彼女はこう言葉を続けてきた。

「だからさ、これからも遠慮せずにあたしに甘えていいからね？　風邪ひいたとか特別な時だけじゃなくって、いつでも頼ってよ。雄介くんだって、いつもあたしにそうしてくれてるでしょ？」

少しだけ恥ずかしそうにしながらもそう言ってくれたひよりさんがえへへと笑う。

「……うん、そうするよ。まあ、何でもかんでも頼るってことはしないけどさ」

そんな彼女に僕も小さく微笑みながら応えれば、満足そうに頷いてくれた。

「とりあえず、雄介くんが元気になって良かったよ！　明日は学校来れそう？」

「大丈夫だと思う。もう熱も下がったし、咳も出ないしさ」

喉の調子や熱っぽさを自分で確かめた僕がひよりさんにそう答える。

僕の返事にうんうんと頷いた彼女は、持ってきた紙袋を指差しながら言った。

「今さらだけど、借りた上着も持ってきてるから。貸してくれて、本当にありがとうございました！」

「いいえ、こちらこそ看病してくださってありがとうございます。元気になったのはひよりさんのおかげです」

そう、敬語でお礼を言い合った後で顔を見合わせ、同時に噴き出す。

可笑しさと楽しさ、ほんのりと漂う幸せを感じながら微笑んだところで、時間を確認したひよりさんが口を開いた。

「じゃああたし、そろそろ帰るね。今日は両親が帰ってくるし、暗くなる前に家にいないと面倒だから」

「うん。気を付けてね。本当にありがとう」

すっかり元気になった僕は、彼女に改めてお礼を言いながら立ち上がると、玄関まで見送りに向かった。

靴を履き、忘れ物がないか確かめた後、振り返ったひよりさんが明るく優しい笑みを浮かべながら、僕へと言う。

「じゃあ、お大事にね。ちょっと元気になったからって無理しないで、今日はしっかり休むこと！　わかった？」

「うん、わかってるよ。今日は本当に、色々とありがとう。気を付けてね」

もう何度言ったかわからない言葉だが、何度だってこの気持ちは伝えたい。

ありがとう、と改めて感謝を伝えた僕は玄関を出ていくひよりさんに手を振りながら、彼女を見送り続けた。

——夜に食べた鶏肉とネギの柚子風味うどんはとても美味しくて……僕の風邪がその日の内に完治したのは、間違いなくひよりさんが看病してくれたおかげだ。

温かいうどんの中に込められた、ひよりさんの優しさと思いやりの気持ちを噛み締めながら……明日、学校で会った時に改めてお礼を言おうと、僕はそう思うのであった。

●

「江間～、ラーメン屋ってこの先で合ってるか～？」

「ああ、合ってるよ。もうちょいで着く」

「楽しみだよな～！　練習後の疲れた体にラーメンが染みそうだぜ～！」

ある日の部活終わり、俺はバスケ部の連中と一緒に学校でうわさになっているラーメン屋に続く道を歩いていた。

ここだけの話なのだが、実は俺は昨日もこの道を歩いている。

急に雨が降ってきたことで予定されていたロードワークが中止になり、部活も急遽休みになったことで寄り道しようとラーメン屋に向かったのだが、そこで俺は店の中で楽しそうにしているひよりと尾上の姿を見てしまった。

寒い日に染みる温かなラーメンの味わいを楽しもうとウキウキ気分だった俺は、その光景を見てしまって一気に気持ちが萎え、食欲が失せてしまった。

　それでもそのまま帰るのは惨めだと思った俺は、店先に置いてあった二人の傘を見て、ちょっとした仕返しを思い付いたわけだ。

　バレないようにこっそりと二人の傘を盗んだ俺は、それを店から離れた場所でポイ捨てしてやった。

　しばらくしたら雨は本降りになっていて、この雨の中を傘もなしにずぶ濡れになりながら帰る二人の姿を想像した俺は、その愉快さににんまりと笑みを浮かべる。

　どうやらそのせいで尾上は体調を崩したみたいで、あいつは今日、学校に来ていなかった。

　朝に様子を確認しに行った時、尾上の姿がないことを知った俺は思わずガッツポーズをしてしまったくらいだ。

　ざまあみろ。尾上の奴、俺のひよりに手を出そうとしやがって……そんなあくどい真似をするから、天罰が下ったんだ。

　これであいつも少しは思い知っただろうなと、不幸になった尾上の姿を想像しながら昨日と同じ道を歩いていった俺は、お目当ての店に辿り着くと共に部活の連中と連れ立ってその中へと入っていった。

「到着～！　何ラーメンにする？」

「豚骨醤油の大盛りだろ！　あ、でもトッピングとかあんのか……」

食券を売る自販機の前で騒ぐ仲間たちを一瞥しつつ、店内の様子を窺う俺。

雨が降っていた昨日と違って結構賑わっている店内では、ラーメンを啜る客たちが騒ぐ俺たちへと迷惑そうな視線を向けていた。

ちょっとくらいはしゃいでもいいだろうがよと心の狭い客たちにうんざりとしていた俺は、そこでラーメン屋のオヤジがこちらを険しい顔で睨んでいることに気付いた。

厳つい顔のオヤジは目を細めて俺の方を睨んでいて……その威圧感に思わずビクッと俺が震える中、オヤジが口を開き、声をかけてくる。

「おい、そこのお前」

口を開いたオヤジが、重々しい口調で言う。

「えっ？　あ、お、俺……？」

「そうだよ。お前だ、お前」

てっきり、騒ぐ俺たちを注意するつもりなのだと思ったのだが、何故だがオヤジは俺だけを指名してきた。

いったいどうして、俺だけを……？　と考える俺に対して、険しい表情を崩さないオヤジが信じられないことを言う。

「お前は出禁だ。とっとと帰れ」

「は、はあっ⁉　出禁⁉　どうしてだよ⁉」

いきなりの出禁宣告に驚いた俺は、思わず大声を出してしまった。

騒いでいた俺たち全員が出禁と言われるのならまだ理解できるが、どうして仲間たちの中でも一番静かだった俺だけがそんなペナルティを科されなくちゃならないんだと声を上げた俺であったが、オヤジは怒りの形相でこう答えてくる。

「どうして、だと？　とぼけんじゃねえ！　てめえは昨日、ウチのラーメンを食べに来たカップルの傘を盗んでっただろうが‼」

「なっっ……⁉」

ズバリと自分のやったことを言い当てられた俺は、ショックで言葉を失ってしまった。

いったいどうしてバレたのかと焦(あせ)りながら困惑する俺に対して、鼻を鳴らしたオヤジが視線を斜め上に向けながら言う。

「小さい店だがな、ウチにも防犯対策として監視カメラが設置してあるんだよ。そこにお前が傘を盗んでいく姿がしっかり録画されてたぜ」

「か、監視カメラ……⁉　そんなのが……⁉」

「店の外からじゃあわからない位置にあるんだよ。そういう証拠があるから、犯人が来たら出禁にしてやろうと決めてたんだ。ありがてえことに、制服のおかげで近くの高校の生徒だってことはわかってたからな」

まさかの事態に唖然とする俺へと、ラーメン屋のオヤジが威圧感を放ちながら説明をする。

そうした後で再び鋭い視線を向けながら、吐き捨てるように言った。

「二本とも傘を盗んだってことは、使うためじゃねえな？　理由はわからねえが、あのカップルへの嫌がらせってところか？　なんにせよ、お前は俺の店の客に迷惑をかけた。そんな奴に食わせるラーメンはねえ！　すぐに出てけ‼」

「えっ……？　マジかよ？　江間、そんなことしてたの？」

「カップルへの嫌がらせって、お前マジで何やってんの？　傘を盗むとか、普通に犯罪じゃん」

怒鳴るオヤジに同調するように、バスケ部の連中も俺を責めてきやがった。

オヤジの話を聞いた他の客たちも冷ややかな視線を俺へと向けてきている。

完全にアウェーな空気になり、自分のしたことを責められ続けた俺は、この糾弾に耐え切れなくなってしまった。

半ばヤケクソになった俺は、オヤジへと大声で叫ぶ。

「わ、わかったよ！　こんな店、二度と来るもんか‼」

そうやって強がりつつ、踵(きびす)を返す。

さっさとこの場から逃げ出したかったのだが、そんな俺の背中にラーメン屋のオヤジが声をかけてきた。

「おい、ちょっと待て。金、置いてけ」

「はぁ⁉　金って、なんの金だよ⁉　俺、ラーメンを頼んでなんか――」

「お前が盗んだ傘の代金だよ！　次にあのカップルが店に来た時、渡しておいてやる。お前が盗んだ物なんだから、弁償して当然だろうが！」

「ぐぅ……っ！」

怒鳴るオヤジの威圧感と、部活の仲間や他の客たちから浴びせられる冷ややかな視線に何も言い返せなくなった俺は、財布の中から千円札を取り出すとテーブルへと叩(たた)き付けてから全力でダッシュした。

後ろからオヤジの大声が聞こえてきた気がしたが、振り返るつもりなど微塵(みじん)もなかった俺は屈辱に歯を食いしばりながらただただ走り続ける。

（ちくしょう！　ちくしょう！　ちくしょうっ！）

まさか、俺がひよりたちの傘を盗んだことがバレるなんて、思いもしなかった。監視カメラで盗み撮りとか卑怯だろ⁉

っていうか、ちょっとした悪戯みたいなものなのにあのオヤジ、大事にしやがって……！　おかげでバスケ部の連中からの俺の評価はガタ落ちだ。

悔しかった。腹が減った。恥ずかしかった。ムカついた。

だけど、その感情をぶつける相手も昇華する方法も何もない。全ての負の感情を抱いたまま、俺は屈辱であふれそうになる涙を堪えて走り続けるしかなかった。

尾上に復讐するはずが、こんなことになるなんて……マジで最悪だ。

バスケ部の連中にはどうにか口止めしておかないと、学校での評判まで落ちてしまう。

そんな不安に苛まれながら家に帰った俺は、どうにか部活の仲間たちにお願いしてこの事件を黙っててもらうことに成功した。

……のだが、傘代が千円では足りなかったため、自分たちがオヤジにその分を補填する羽目になったと更にキレられ、またしても仲間たちからの信用を失ってしまったのであった。

第七章　ひよりさんと突然のお泊まり会

「ホットプレート、ヨシ！　飲み物、ヨシ！　肉、ヨシ‼」

「うっひょ～っ！　気分ブンブン、爆上がるぜ～っ！」

「まったく……馬鹿なこと言う暇があったら、手を動かせよ」

工事現場にいるような猫キャラのポーズを取ったり、顔にタイヤが付いているヒーローを髣髴させる口上を叫んでいる弟たちへとツッコミを入れつつ、温めたホットプレートへと油を垂らす。

それをゆっくりと広げ、焼肉の準備を進めながらちらりとキッチンを見た僕は、そこに並ぶ二つの人影を見つめた。

「お野菜、こんな感じでいいですか？」

「完璧よ！　準備、手伝ってくれてありがとうね！」

「ご馳走になるんですから、このくらいは当然ですよ！　いくらでも働きますから、遠慮なく言ってください！」

「あ～！　ひよりちゃんは本当にいい子ね～！　このままうちの子になっちゃってよ～！

一人くらい女の子が欲しかったんだから～！」

キッチンでは母とひよりさんが並んで焼肉用の野菜を切り、楽し気に会話していた。

デレデレになっている母と仲良くしているひよりさんの姿にホッとする中、僕を両脇から挟んできた弟たちが言う。

「雄介、どうやら我らが母君は七瀬さんみたいな娘が欲しいみたいだぜ？」

「叶えてあげなよ。今まで苦労させた分、恩返しをしなくちゃ」

「よし、お前らじっとしてろ。二人纏めてホットプレートに顔面押し付けてやる」

両側から肩を叩かれてのからかいの言葉に、静かに怒った僕が言う。

わ～っ！　と騒ぎながら逃げた弟たちを見つめながらため息を吐いた僕は、家族全員妙にテンションが高いなと思った。

今日は金曜日。そして、前々から企画していたひよりさんを家に招待しての焼肉パーティーの日。

明日は休みだから夜遅くまで騒いでも大丈夫だろうという短絡的な考えの下に決まった開催日ではあるが、ベタながらも悪くない判断だったとは思う。

心配なのは急成長した爆弾低気圧が接近しているというニュースだが、僕たちの住んでる地域はそこまで雨も風も強くならないということなので、気にし過ぎないことにした。

（本当、みんな盛り上がっちゃって……）

ひよりさんにデレデレになっている母も、いつも通りに謎の踊りを踊っている弟たちも、客を招いての焼肉パーティーでテンションが振り切れているようだ。

かく言う僕も落ち着かない気分になっていて、人のことを言えない状態である。

「ほら、馬鹿ども！　変なダンスしてないでさっさと座りなさい！」

そうして少し経った頃、野菜や海鮮類を載せた皿を手に母とひよりさんがリビングへとやって来た。

既にホットプレートも温まっており、準備は万端といった雰囲気が漂う中、ひよりさんたちが各々の席に腰を下ろしていく。

「雄介くん、弟くんたちと楽しそうにしてたけど、何を話してたの？」

隣に座ったひよりさんにそう質問された僕は、少し慌てながら適当にその質問をごまかした。

「え？　あ、ああ、気にしなくていいよ。ふざけてただけだから」

菜箸を取り、買ってきた肉や彼女が切ってくれた野菜なんかをホットプレートの上に並べていけば、すぐに食欲を誘ういい匂いが部屋中に漂い始める。

「うおおおっ！　肉だ肉だ〜っ！　腹いっぱい食うぞ〜っ‼」

「早くしてくれ！　俺は次男だから我慢できないんだ‼」

「あんたたち！　ひよりちゃんの前で恥ずかしい真似しないの‼」

「あはははは……な、なんかごめんね。騒がしい家族で……」

「ううん、すっごく楽しいよ！　賑やかでいいじゃん！」

箸を手に、今か今かと肉が焼き上がるのを待つ弟たちと、そんな意地汚い弟たちを叱責する母。

以前もそうだったが、今日も今日とて僕の家族は騒がしいなと呆れながらひよりさんに謝罪すれば、彼女は楽しそうに笑いながらそう言ってくれた。

「ほら、肉を見てるだけじゃなくてちゃんとタレを用意しとけよ。あと、野菜も食べるんだぞ？」

「わかってるって！　そこまで馬鹿じゃないってば！」

「とか言っておきながら七瀬さんの分まで食べたら、雄介と母さんにブチギレられるぞ？　気を付けろよな、雅人」

「そうそう。あんたは大食いな上にす〜ぐ調子に乗るんだから……！」

「そういう母さんも酒飲み過ぎて変なことを言わないでね？　七瀬さんにセクハラとかし

たら、俺たちじゃ対処不能なんだからさ」

「うん。みんなに最低限の良識が備わっていることを確認できて、長男として安心したよ」

話している内容にひよりさんの名前が入ってはいるが、僕たちはいつも通りの騒がしいやり取りを繰り広げていた。

「ふふふ……っ！　あはははははっ‼」

そんな僕たち家族の様子を面白そうに見守っていたひよりさんが声を上げて笑う中、僕は焼き上がった肉や野菜をそれぞれの皿へと取り分けていく。

「最初の一回はフェアにな。次からは血で血を洗う争いが始まるんだけどさ」

「母さんも言ってたけど、今日はひよりさんがいるんだから食べ過ぎるなよ？」

そんなことを話しながら、そっと手を合わせる僕たち。

一人増えている以外は何もかもが普段通りの食卓にて、いつも通りの挨拶をしてから楽しい食事を始める。

「「「「いただきます‼」」」」

全員で声を揃えて元気に挨拶をした僕たちは、笑いながら箸を進めていく。

厚切りのカルビを頬張った大我は満足気に笑みを浮かべ、雅人もまた久々の焼肉を存分に楽しんでいるようだ。

「う～ん！　やっぱ牛肉って美味(うめ)えわ！　あ、雄介！　次の分も焼いといて！」

「はいはい、わかったよ」

食べるスピードが速い弟たちのために、空になったホットプレートへと次の肉を置いていく。

カルビやタン、ハラミなんかに加えて野菜や海鮮もバランス良く置いていけば、また部屋の中にいい匂いが漂い始めた。

そうやって置いた食材を適度に様子を見つつ、塩を振ったりしながら、ひっくり返してやる。

そんなふうに僕が調理を担当している間に弟たちは最初に乗せた肉たちを食べ終え、そろそろ焼き上がりそうなホットプレートの上の食材たちへと箸を伸ばしてきた。

「うおおおっ！　牛タンだけは譲れねえぇっ‼」

「あっ！　それは俺が狙ってた肉だぞ⁉」

「お前らなあ……まだまだ肉はあるんだから、くだらないことで喧嘩(けんか)するなって。あと、ひよりさんの分も残しておけよ？」

食欲旺盛な弟たちのために次の肉をホットプレートに置いて……と、数分前と同じ行動を取り始めた僕は、そこでふとこちらを見つめるひよりさんの視線に気付いた。

「ああ、あの馬鹿たちのことは気にしないでいいから。好きなだけ食べちゃってよ」

「そういうわけにもいかないって。あたしがお肉焼くから、雄介くんも食べる側に回りなよ」

「いやいや、お客さんにそんなことさせられないってば。本当に気にしないで、食べて食べて」

「無理、気にする。ほら、トングと菜箸貸して！」

そう言いながら僕の手から肉や野菜を置く道具たちを奪い取ったひよりさんが、ホットプレートの上に食材を置いていく。

僕ほど手馴れているわけではないが、自分たちのために丁寧にそれらを焼いてくれている彼女の姿に申し訳なさを感じたのか、弟たちも騒ぐのを止めていた。

「ほ～ら！　見てないで、お皿の上のお肉を食べちゃいなって！　冷めたら美味しくないよ～？」

そうひよりさんに促された僕が、自分用に分けた肉や野菜を食べ始める。

「う、うん。ありがとう……」

ジュージューという音が響くリビングの中、珍しく食べる専門の側に回った僕が落ち着かない気持ちのままに急いで最初の肉たちを食べ終わったのとほぼ同じタイミングで、空になった皿の上に次の肉たちが降ってきた。

「は～い、追加だよ～ん！　体が大きいんだから、もっと食べろ食べろ～っ！」

「いや、流石に悪いって！　食べ終わったから今度は僕が焼くよ！　ひよりさんが食べる番！」

「はいはい、そこまで。大人の私が焼くから、子供たちは遠慮せず食べちゃいなさいな！」

　これ以上、お客さんであるひよりさんに面倒な役目を任せるわけにはいかない。

　そう思った僕が彼女の手からトングたちを奪い取る前に、先に動いた母が自ら焼き係に立候補してくれた。

　僕は空になっているひよりさんの皿の上に今しがた彼女が僕によそってくれた肉たちを分けつつ、食事を再開する。

「ありがとうね、ひよりちゃん。雄介のこと、気遣ってくれて」

「大したことじゃありませんよ。それにあたし、こういう役目好きなんで！」

「そうかもしれないけど今日はゲストなんだから、遠慮せずに食べればいいのに……」

「そういう立場だとしても、雄介くんが自分の分を食べる暇もなくお肉を焼き続けてたら、流石に気になっちゃうって！」

「僕は普段、弟たちが食べ終わった後に母さんとのんびり食べるんだよ。だから、気にしなくても大丈夫」

「こら、雄介。折角、気を利かせてくれたひよりちゃんにそこまで言うことないでしょ？　こういう時は、ありがとうでいいのよ」

我が家のルールというか、普段の役割や流れを話していた僕は、母から叱責されて確かになと顔を顰めた。

僕を気遣って焼く係を代わってくれたひよりさんに悪いことをしてしまったかなと考える僕であったが、幸いなことに彼女はそこまで気にしないでくれたようだ。

「う～ん、そっか。そういう感じだったんだね。あたし、むしろ雄介くんたちに気を遣わせちゃった？」

「い、いや！　そんなことないよ！　代わってもらえて助かったし、嬉しかったしさ！」

「俺たちが馬鹿みたいにはしゃいでたせいなんで、七瀬さんはこれっぽっちも悪くないですから！」

自分がルールを知らなかったせいで迷惑をかけたかと呟いたひよりさんへと、僕と雅人が必死のフォローをする。

本当に彼女が気に病む必要はないのだと慌てる僕たちであったが、そんな空気の中で末っ子の大我が小さく噴き出すと共に微笑みながら口を開いた。

「ふはっ！　なんかあれだね。同居を始めたばかりの兄夫婦に、我が家のルールを教えてるみたいな雰囲気だ」

「あ、兄夫婦って、お前……っ⁉」

「ふふっ！　確かにそうかも！　申し訳ありません、お義母さま。嫁いできたばかりで右も左もわからない嫁ですが、どうぞよろしくお願いいたします……的な？」

「あら、いいわねぇ！　ひよりちゃん、雄介になにかされたらすぐに私に言ってちょうだいね！　そしたらもう遠慮なしにギッタンギッタンにしてやるから！」

「ひよりさんも母さんも悪乗りしないでよ！　まったくもう……っ‼」

大我の一言がきっかけとなって始まった茶番に、顔を赤くしながら僕がツッコむ。

夫婦、というワードに自分が必要以上に反応していることを自覚する中、普段はノリが軽い雅人が静かな口調で僕へと言ってきた。

「……いいじゃん、別に。雄介も、そのくらい楽しめよ」

「雅人、お前なぁ――！」

「そのくらいの権利、兄貴にだってあるだろ。俺らのために好きだったバスケやめて、家事引き受けたり、家計のためにバイトしたりしてさ。そんなことばっかじゃなくって、兄貴にだって青春を謳歌する権利はあるだろ。いいじゃん、高校生らしくこの間みたいに放課後デートとか楽しめよ」

「雅人……」

普段はふざけている雅人の口から飛び出した真面目な言葉に、僕は驚きを隠せないでいる。

雅人もこれが自分のキャラではないとわかっているのか、らしくないとばかりに顔を背けたが……続いて、大我が口を開いた。

「……そうだよ。俺たちも俺たちだけど、別に兄貴が何もかもやらなきゃダメだってわけじゃないんだからさ。七瀬さんと一緒の時くらいは、長男の立場を忘れてもいいんじゃね？」

どうにもむず痒い発言だが、弟たちが僕を気遣ってくれている気持ちは伝わった。

珍しく……本当に珍しく、真面目な雰囲気が漂うリビングの中、最後に母がひよりさんに向かって言う。

「なんか変な流れになっているけど……ひよりちゃん、雄介のことをよろしくね。馬鹿でドジで鈍い子だけど、本当に優しい子でもあるから。この子のこと、わかってあげて」

「……はい。大丈夫です。雄介くんがすごく優しい人だってことは、あたしもわかってますから」

……なんだ、この空気は？　僕だけ置いてきぼりにされてないか？

なんでこう、家族全員がひよりさんに僕を任せる雰囲気になっている？

生暖かい目というか、妙に優しい雰囲気というか、そういう温かくも恥ずかしい空気の中で押し黙っていた僕であったが、不意にガタガタッ！　という音が響き、その方へと顔を向けた。

「今の、窓か？　風で揺れたのかな……？」

「なんかおかしくね？　天気予報じゃ、雨も風もそこまで強くならないって言ってたんだろ？」

先ほどまでは家族全員で騒いでいたから気が付かなかったが、家の窓が風のせいで激しく震えている。

叩（たた）き付けられる雨も想像以上に激しい音を響かせており、ニュースで言っていたようなそこまで強くない雨脚を想像していた僕たちは、それと矛盾する雰囲気に違和感を覚えつつあった。

「ちょっ⁉　兄貴、やべえよ！　大雨警報が出てる‼　暴風警報が出るのも秒読みだって！」

「ええっ⁉　嘘だろ⁉」

「なんか、爆弾低気圧の勢力が予想より強まってたんだって！　明日の朝には去ってるだろうけど、今夜は雨も風もヤバいって速報が出てる！」

スマホで気象情報を確認していた大我の言葉通り、雨も風もどんどん強まっている。

このままでは三十分としない内に家から出ることもできなくなってしまうと考えた僕たちは、慌てて対策を話し合い始めた。

「どうする？　このままじゃ七瀬さんが家に帰れなくなっちゃうよな？」

「でも、うちには車もないし、家まで送ってあげるっていうのは無理だぞ？」

「タクシーを呼ぶとか……？　もしくは、ご両親が車で迎えに来てくれれば……」

「ひよりさん、どう？　今日、家にご両親は？」

そうひよりさんに質問した僕であったが、彼女はその問いかけに対して首を横に振りながら否定の意を示した。

「……ううん、いない。多分、会社に泊まることになってると思う。一応連絡取ってみるね」

その後で彼女はご両親に連絡を取り始める。

「あっ、もしもしお母さん？　実は今、優希の家にいるんだけど――」

電話に出たお母さんには、女友達の家にいるとごまかしているようだ。

流石にこんな時間まで男友達の家に遊びに行っているだなんて言えないよなと思いながら、どうにか親御さんが迎えに来られないかと期待する僕たちであったが、お母さんとの電話を終えたひよりさんはこちらを見ると小さく首を左右に振りながら話し合いの結果を伝えてくる。

「すみません。うちの親も迎えには来られないみたいです」

「そっか……そうだよね。やっぱり急だし、この雨じゃ親御さんも危ないもんね……」

もうこうなるとタクシーを呼ぶしかないが、この悪天候だと捕まえるのは難しいかもしれない。

それでも何か方法はないかと考える僕たちへと、神妙な面持ちのひよりさんがこう言ってきた。

「あの……ごめんなさい。こんなこと急にお願いしたら、困らせちゃうとは思うんですけど……本当に、もし良ければ――」

おずおずとした態度で、若干上目遣いになりながら、ひよりさんが僕たちを見つめる。

一度言葉を区切った彼女は、少し溜めた後で僕たちへとお願いの言葉を口にしてみせた。

「――今日、泊めさせてもらえませんか？」

（ど、どうしてこんなことに……？）

焼肉パーティーの開始から数時間後、天気は僕たちの想像を遥かに超えた荒れ模様を見せていた。

近隣の地域には大雨、暴風警報が出ており、外を見ても激し過ぎる雨と風を前に人も車も全く見えない状況だ。

そんな状況だから……結局、ひよりさんはうちに泊まることになった。

ためしにタクシー会社に電話してみたが、やはり車は出払っていて今後の配車の予定は立たないとの返事だったため最終的に致し方なくといった感じだ。

一応、ご両親の許可は取れたということで、多少の不安はあったが僕も突然決まったひよりさんのお泊まりを受け入れることにした。

そして現在、僕はバスタオルと着替え用のTシャツとハーフパンツを手に、脱衣所にいる。

薄い扉を隔てた先からはシャワーの音が聞こえてきていて、そこで動く人影を見て取った僕は一気に緊張感を高めながら、口を開いた。

「あの、ひよりさん！　き、着替えとタオル、持ってきたから……！」

「あっ！　ありがとう！　ごめんね、迷惑かけちゃってさ」

「し、仕方がないよ、こんな状況じゃ。それよりその、この着替え、僕が中学の頃に使ってた練習着だから、少しサイズが合わないかもだけど……」

「気にしないって、そんなの！　洋服のまま寝なくて済むんだから、本当にありがたいもん！」

シャワー音が止まった扉の奥、風呂場からひよりさんの声が響く。

この薄い扉一枚を隔てた先には裸のひよりさんがいて、僕は今、そんな彼女と会話をしているのだと思うと、どうしても緊張が収まらない。

どうしてこんなことになっているのだろうか？　あまりにも急展開過ぎて、もう思考が追い付かない。

そう思いながら持ってきた着替えを適当な場所に置こうとした僕は、脱衣所に落ちている物を目にして、思わず後退ってしまった。

「う、うわっ⁉」

「わっ⁉　どうしたの、雄介くん！」

「あっ！　えっと、その、ご、ごめんなさいっ！　ホント、ごめん‼」

驚いて後退ったせいで壁にぶつかり、大きな音を出してしまった僕へと何があったのかを聞いてくるひよりさん。

そんな彼女へと謝罪する僕であったが、この言葉には驚かせたこと以外にももう一つの意味があった。

僕が着替えを置こうとした床。そこに無造作に放り投げられてあった物。

それは、ひよりさんがほんの少し前までつけていたであろう下着だ。

薄いオレンジ色をしていて、フラワーレースが付いているかわいらしいデザインをしたそれを見つめながら、硬直してしまう僕。

事故とはいえ、罪悪感が急速に膨れ上がっていく中、扉越しに僕の異変を察知したであろうひよりさんが声をかけてきた。

「雄介くん、どうかした？　何か様子が変だけど……？」

「……ごめん。着替えを置こうとしたら、ひよりさんの下着を偶然見ちゃって……」

罪悪感から嘘が吐けなかった僕は、正直に自分の罪を告白することにした。

ひよりさんも流石に怒るだろうと思っていたのだが……その予想に反して、彼女は大声で楽し気に笑いながら言う。

「あはははっ！　な〜んだ、そんなことか！　気にしないで大丈夫だよ！」
「き、気にしないでって、無理だよ！　っていうか、流石にノリが軽過ぎだってば！」
大笑いしながらのひよりさんの言葉に、僕は流石にツッコミを入れざるを得なかった。
もちろん、ひよりさんに怒られて嫌われるよりは何倍もいいが、こうして軽く許される
とそれはそれで心配になる……と思う僕へと、声を落としたひよりさんが静かに言う。
「本当に大丈夫だよ。だって、見せるためにわざとそうしてたんだから」
「えっ……!?」
ひよりさんのその言葉に、僕の心臓がドクンッ！　と跳ね上がる。
見せるために、わざとここに置いておいた？　それってつまり、どういう意味だ？
僕をからかうためにそんなことをしていたとしたらやり過ぎだし、そうじゃないとした
らそれは——と考えたところで、静かだった風呂場から再びひよりさんの笑う声が聞こえ
てくる。
「ぷっ！　あはははっ！　うそうそ！　冗談だよ〜！　真理恵(まりえ)さんにネットに入れて他
の服と別々にしておいてって言われてたのに、うっかりその辺に置きっぱなしにしちゃっ
ただけ！　ホント、雄介(ゆうすけ)くんはからかい甲斐(がい)があるな〜！」
「じょ、冗談って……本当に、もう……!!」

やっぱりからかわれていただけかと思いつつ、一気に脱力してしまった僕が大きなため息を吐く。

そんな僕のことを、ひよりさんはなおもからかってきた。

「いや～！　あたしのミスのせいでドキドキさせちゃってごめんね！　でもほら、ラッキーだったでしょ？」

「そんなふうには思えないって！　ただただびっくりしただけだよ！」

「あはは、雄介くんらしいな～！　普通、こんなロリ巨乳体型の女の子の下着が放置されてたら、これでもか！　ってくらいガン見しない？」

その問いに関しては否定できないが、その場面に実際に遭遇した僕の答えはＮＯだ。

恥ずかし過ぎるし、罪悪感もすごいしで、そんな真似(まね)ができるわけないではないか。

「しないし、できないって。僕の性格はわかってるでしょ……？」

「うん、そうだね！　そういう雄介くんがあたしは好きだよ！」

楽し気に笑いながらのひよりさんの言葉に、ちょろい僕はまた心臓を高鳴らせてしまう。

もうこれ以上は色々とマズいし、母にも注意されかねないと考えた僕は持ってきた着替えを置くと、ひよりさんへと言った。

「とにかく、着替えとタオルはここに置いておくから！　ごゆっくり‼」

「ふふっ！　ありがと！　お言葉に甘えて、のんびり温まらせてもらうね！」

ひよりさんの言葉を背に、顔を真っ赤にしながら僕は脱衣所を出ていった。


「雄介くん！　見てよこれ、ヤバくない⁉」

「〜〜っ⁉」

着替えを届けた後、自分の部屋で気持ちを落ち着かせていた僕は、そこに急に飛び込んできたひよりさんの姿を見て、声にならない悲鳴を上げた。

ニコニコと笑う彼女は僕が渡したTシャツ一枚の格好で、かなり無防備な姿を曝していた。

僕との身長差でややぶかっとしているシャツの襟口からは胸の谷間が覗いているし、無地の白いTシャツは見事な胸に押し上げられていた。

その状態で、身長百四十八センチの小さな体をそのシャツ一枚で太腿まで隠しているひよりさんは、言葉を失っている僕をにやにやと見つめながら言う。

「どうよ⁉　ロリ巨乳美少女の彼シャツ&裸シャツ&乳カーテンを見た感想は⁉　フェチ満載でえっちぃでしょ⁉」

ばっ！　と腕を広げたり、ドヤ顔で胸を張ったりしながら、ひよりさんが刺激的な格好を僕へと見せつけてくる。

その光景を目の当たりにした僕は、固まったまま何も言えずにいたのだが……彼女の右手に見覚えのある物を目にして、声を震わせながら質問を投げかけた。

「あ、あの、ひよりさん？　その右手に持ってる物って……？」

「あ、うん！　渡されたハーフパンツだよ！」

ひよりさんはそう言いながら、笑顔でシャツと一緒に置いたはずのハーフパンツを広げて見せてきた。

あれを持っているということは、つまり今の彼女は下に何も――と考えたところで一気に羞恥を爆発させた僕は、顔を真っ赤にしながらひよりさんへと叫ぶ。

「どうして穿いてないの!?　なんでその状態でここに来ちゃったのさ!?」

「いや～！　鏡の前で裸シャツになった自分の姿を見たら、なんか感動しちゃってさ～！　これはもう雄介くんにお披露目しなくちゃと思って、そのまま来ちゃったんだよね！　あ、安心して！　弟くんたちにも真理恵さんにも見られてないから！」

「わあ、それなら安心だ！　じゃあないって！　そういう問題じゃないから!!　その格好、色んな意味で危険だって！」

「わかってるよ～！　だからこそ、ここから飛んだり跳ねたり動いたりして、ギリギリを攻めてみたいんじゃん！　どんな動きをしたら下が見えちゃうか……調査してみたくない？」

「したくない‼　いいから早く下を穿いて‼」

「はぁ～、しょうがないなあ。雄介くんがそこまで言うなら、素直にそうするよ」

「僕の目の前で穿こうとしないで！　あと、こっちにお尻を向けるのも止めて！　前屈みになったら見えちゃうでしょ⁉」

「はっは～っ！　前屈みになったあたしを見て、今度は雄介くんが前屈みになる番、ってことかな⁉」

「そういうの、もういいから！　お願いだからからかうのを止めてください‼」

できれば今すぐに部屋を飛び出したかったのだが、残念ながら廊下に続く扉はひよりさんの背後にある。

僕の必死の懇願をようやく聞いてくれる気になったひよりさんが普通にハーフパンツを穿こうとする中、慌てて僕は目を閉じ、顔を背けた。

「ちなみにだけど、雄介くんは乳カーテンと乳テント、どっちが好み？」

「どっちでもいいです……普通に服を着て……」

「ん、りょうか～い！」

最後までセクハラは忘れなかったひよりさんが、もぞもぞと動く音が聞こえる。

良くない想像を掻き立ててくるその物音を僕が必死にシャットアウトし、頭の中から雑念を追い出す中、着替えを終えたひよりさんが呑気な様子で口を開く。

「う～ん……上はぶかぶかなのに下はそうでもない。これは多分、ウエストの太さよりもお尻のデカさが原因だな……複雑な気分！」

「ああ、うん。わかったから自分で自分のお尻を叩かないで。見せつけないで……」

「ごめんね、雄介くん。サイズが違い過ぎてズボンがずり落ちちゃう的なハプニングを期待してただろうに、あたしのお尻がデカ過ぎるせいで期待を裏切っちゃってさ……」

「そんな期待してないから。僕を脳内で変態にするのは止めて」

セクハラ兼ボケを連打してくるひよりさんに、僕は淡々とツッコミを入れる。

服装が比較的まともになったおかげもあるが、ようやく落ち着いてきた僕が気を取り直す中、彼女はきょろきょろと楽し気に僕の部屋を観察し始めた。

「ほへ～！　これが雄介くんの部屋か～！　うん！　想像通り、シンプル!!」

「あんまり物がないからね。面白味がなくてごめん」

「ベッドもないということは、エロ本の隠し場所は勉強机の中かな？　よし、確認だ!!」

「ないから！　そういうの持ってないから！　意味わからない調査をするの止めて‼」

ひよりさんの言う通り、僕の部屋は物が少ないが故に殺風景だ。

ベッドではなく布団派だし、大体の私物はクローゼットの中にしまってある。本当に面白味のない部屋だと自分でも思う。

ただ、そんな部屋の中でも唯一目を引くものもあって、ひよりさんはそれの前に立つとじっと見つめながら僕へと話しかけてきた。

「この人、バスケットの選手？　ＮＢＡの人だよね？」

「うん、そうだよ。もう引退しちゃったけど、僕が一番好きな選手なんだ」

バスケットボールのプロ選手らしい、背の高い男性。

背番号21番。黒のユニフォームを纏ったその選手の姿をひよりさんと並んで見つめながら、僕が答える。

「この人、どんな選手だったの？」

「The Big Fundamental……そう呼ばれてた。ＮＢＡ史上、最高峰の選手の一人だよ」

「びっぐ、ふぁん……？」

「ビッグ・ファンダメンタル。大いなる基礎、って意味。地味だけど基本に忠実に、どんな場面でも状況に応じた最も効果的なプレイをする。相手からの挑発にも乗らず、冷静に自分のなすべきことをなす。そういうプレイスタイルを貫き続けて、常勝軍団の核として活躍し続けた選手なんだ。それでいて家族想いで性格は謙虚だから、すごく好きなんだよね」

子供の頃から憧れているバスケ選手について語る僕の横顔を、ひよりさんはじっと見つめていた。

不意に微笑んだ彼女は、僕を見上げながら言う。

「楽しそうだね。やっぱり雄介くん、バスケ好きなんだ」

「まあね。やめちゃったけど、嫌いになったわけじゃないから」

前にも彼女には話したが、僕はバスケットが好きだ。

やめたことに後悔も未練もないが、こうして憧れの選手について話すと、試合中に感じた熱い感情が胸に込み上げてくる。

「ふふふ……っ！　雄介くんのこと、また一つ知れた。こういうの、なんか嬉しいね」

「僕もこの間のデートで、ひよりさんのことを色々知れたからね。これでおあいこ……かな？」

そうやって憧れの選手について語った僕へと、ひよりさんが言う。

僕が彼女の好きなものを知れて嬉しかったように、彼女もまた僕のことを知って、また一歩距離を詰められたことを喜んでくれているのだろうか？

そうだといいな……と思っていた僕だったが、話は予想外の展開に進んでいって……？

「それにしても、ビッグ・ファンダメンタルね……どんな場面でも焦らず冷静に自分のなすべきことをなす、うん！　ちょうどいいじゃん‼」

「ちょうどいい？　それ、どういう意味？」

意味深なひよりさんの言葉に僕が眉をひそめれば、僕とは対照的に満面の笑みを浮かべる彼女はとても明るい声でこう答える。

「いや～！　憧れの選手みたいな冷静で何事にも動じない精神を持つ雄介くんなら、きっとあたしが何を言っても大丈夫だと思ってね！」

「……ものすごく嫌な予感がするんだけど、何を言いたいの？」

ニコニコと、ひよりさんが楽しそうに笑う。その笑顔を見ている僕の背筋に、悪寒と共に嫌な感覚が走る。

間違いなく、彼女はとんでもないことを言う……そんな僕の予感は正しく、ひよりさんは声を弾ませながら爆弾発言をしてみせた。

「あたし、今夜はここで寝るから！　そこんとこよろしく‼」

(ど、どうしてこうなった……⁉)

こんなことを考えるのは三十分ぶり二回目、まるで甲子園を決めた野球部の解説のようだなと思いながらちらりと横を見やる。

そこまで広くない部屋にぴったりとくっ付けて並べられた二つの布団……そのうちの一つの上に寝ているひよりさんは、とても楽しそうにころころと転がっていた。

「よし、準備完了！　これでいつでも寝れるね‼」

自分用の布団と僕の布団の上を交互に転がりながらひよりさんが言う。

屈託のない笑顔というか、無邪気が過ぎるその笑顔を見ていると僕が考え過ぎなのかとも思ってしまうのだが、そんなことはないはずだ。

同じ部屋の中で、若い男女が二人きり……布団は別々とはいえ、隣同士で寝るだなんて不健全が過ぎる。

もちろん、僕だって最初は反対した。しかし、気が付けば部屋の外に来客用の布団が置いてあったり、ひよりさんに宥められたりおねだりされたりしている間にこんな展開になってしまっていたのだ。

どうして母さんも反対してくれなかったのか……とは思いつつも、母はひよりさんに激甘だから断れなかったんだろうし、これは長男である僕を信頼してのことなのだろう。

（大丈夫、我慢できる。だって僕、長男だから）

とにもかくにも、変な気を起こすわけにはいかない。The Big Fundamental よろしく、平常心を保ち続けよう。

そう僕が自分自身に言い聞かせる中、転がりまくっていた状態から動きを止めたひよりさんが、少しだけ上体を起こしながら声をかけてきた。

「ねえ、雄介くん。こっち来て、寝転がってみてよ」

「うえっ……!?」

平常心を保とうと数秒前に考えていたのに、その一言で簡単に動揺した僕の口から変な声が漏れる。

くすくすとそんな僕を見て笑うひよりさんの反応に誰のせいでこうなってるんだと思いながらも、変な意地を張った僕は自分の布団の上に寝転がってみせた。

「はい。それで、これがどうしたの？」

「えへへ……！　揃（そろ）って天井見上げてますな～、あたしたち」

「うん、まあ、そうだけど。それで？」

恥ずかしくてひよりさんの方を見れないというのもあるが、寝転がった僕は自然と部屋の天井を見上げる形になった。

同じく天井を見上げるひよりさんは、声を弾ませながらこう話を続ける。

「普段は身長差があるからさ、天井までの距離も違うじゃん？　でも今は、同じくらいの高さに見えてる。雄介くんと同じ目線で同じものを見れてるんだな〜……って、思ってさ」

確かに……寝転がった状態で上を見上げれば、基本的に目線の高さは同じだ。

別に大したことではないが、そう言われてなんだか気恥ずかしさを覚えている僕の元へ、ひよりさんがころりと転がって近付いてくる。

「それに……顔も、こんなに近くに寄せられるよ。いつもよりずっと近いところにいるね」

「っっ……!?」

耳元で囁（ささや）くように甘い声を出したひよりさんが、嬉しそうに笑う。

思わずそちらを向いてしまった僕は、想像以上に近い距離にいる彼女の笑顔を見て、息を呑んだ。

「前にぎゅ〜ってした時以来だね、こんなに顔が近いの……」

喜びの感情が浮かんでいる瞳。楽しそうに笑っている口。ほんのりと赤く染まった頬。

普段は三十センチ以上ある身長差のせいで遠くにあるひよりさんの顔が、今日はこんなにも近い。こんなにもはっきりと彼女の感情が読み取れるくらいの距離にいる。

前に抱き締めてもらった時もそうだが、今日はその時よりもひよりさんを近くに感じられた。

広々とした屋上ではなく、狭い部屋の中だからそう思うのだろうか？　密室で二人きりという状況が、僕にこんなことを思わせているのか？

そんなことを考える僕の頬に手を伸ばし、ふにふにと触ってきたひよりさんの行動に顔を赤らめながら、僕は彼女へと言う。

「そっ、そろそろ、寝ようか⁉　時間も遅いしさ！」

「ん……そうだね。いっぱい食べて騒いだし、眠くなってきちゃった」

僕の言葉にふわりと微笑んだひよりさんが、頷きながら言う。

一旦立ち上がり、部屋の電気のスイッチを切った僕は、暗くなった部屋の中でドギマギしながら自分の布団へと潜り込むと深呼吸をした。

（大丈夫、大丈夫だ。平常心、平常心……‼）

目を閉じ、心の中でそう唱え続け、自分を落ち着かせる。

こんな状況だからといって、僕に変な気を起こすつもりはない。普通に友達として、あるべき形で過ごすだけだ。

……そう、思っていたのだが――

「……ねえ、雄介くん。電気、消えたよ？」

不意に、隣の布団からひよりさんの声が聞こえてきた。

ゆっくりと目を開き、暗闇に慣れたその目で横を向いた僕が、同じようにこちらを見つめている彼女の姿に息を呑む中……ひよりさんは、どこか湿度を感じさせる声で言う。

「手……出さないの？」

「えっ……!?」

こちらを真っすぐに見つめながらのその一言に、僕は驚くことしかできなかった。

そんな僕の目を見つめながら、ひよりさんは畳みかけるように言う。

「脱衣所で下着、見たよね？　今、洗ってもらってるから……あたし、この下に何も着てないよ？」

「～～っ!?」

そう言いながら、ひよりさんが布団を捲り上げる。

空いているスペースを撫で、ここにおいでとばかりに視線を向ける彼女は、目を細めながら下着を着けていないことを告白した後で言葉を重ねていく。

「いいよ。あたし、雄介くんになら触られても、キスされても、それ以上のことも……嫌じゃない。雄介くんさえ良ければ……こっちに来て」

そう僕に言うひよりさんの顔は、暗闇の中でもわかるくらいに赤く染まっていた。

深呼吸の度に大きな胸が揺れて、落ち着かない様子を見せながらも体を動かすことはしていなくて、そんな相反しながらも何かを期待する眼差し（まなざし）を向けてくる彼女と暫し（しば）見つめ合った後、僕は言う。

「それはできないよ。だって、僕たちは友達なんだ。そういうことをする関係じゃあない」

「……うん、そうだね。じゃあ、さ――」

ハグも、あ～んも、間接キスも、全部許してきた。だけど、これは違う。これは明らかにそういった行為とは一線を画したものだ。

僕たちは友達だ。ひよりさんの望む行為はそのラインを超えているものだと言って断った僕に対して、彼女は静かな決意を固めた声でこう返す。

「――もし、ここであたしたちが友達じゃなくなったとしたら……雄介くんが断る理由は、なくなる？」

「っっ……!?」

甘い、それでいて苦い誘惑の言葉だった。

今の僕たちの関係である、友達という言葉さえ取っ払ってしまえば、僕にためらいはなくなるのか？

そうしたら僕は、迷いなくひよりさんの期待に応えられるのか？　……その質問の答えは、考えるまでもなく出た。

静かに、息を吸う。静かに、息を吐く。

昂り続けていた心臓を落ち着かせるように深呼吸を行った後、僕を見つめ続けるひよりさんの瞳を真っすぐに見つめ返しながら……その答えを述べる。

「……それでも、僕は手を出さないよ」

「……あたし、そんなに魅力ないかな？　それとも、雄介くんはあたしみたいな女の子は趣味じゃない？」

「そうじゃないよ。むしろ、今でも心がグラグラ揺れてるし、気を抜いたら手を出しちゃいそうになってる。でも、だからこそなんだ」

もしかしなくとも、ひよりさんは勇気を振り絞ってくれたのだと思う。その思いを無下にしてしまうことに罪悪感もある。

だけどそれ以上に優先しなければならないことがあるとも思う僕は、その気持ちを彼女へと伝えていった。

「大切にしたいんだ、ひよりさんのこと。僕たちはまだ、友達になって一か月も経ってない。仮に恋人同士だったとしても、そういうことをするのは早過ぎるよ」

「……あたしがそれを望んでるとしても、手は出せないの？」

「うん。だってここで告白してもらって、恋人になったとしたらさ……僕が本気でひよりさんのことが好きで恋人になったのか、それともただひよりさんの体が目当てで告白を受け入れたのか、わからなくなっちゃうでしょ？」

「……‼」

僕の返事に、ひよりさんが大きく目を見開く。

申し訳なさと譲れなさを抱きながら、僕はそんな彼女へと強い意思を示しながら言う。

「僕は優柔不断な人間だから、一緒に居続けたらきっとひよりさんを迷わせることもある。その時、もしかしたら最初から自分のことなんて好きじゃなかったのかもだなんて思ってほしくないんだ。それと、これはくだらないプライドだけど……江間と同じだって思われたくない。ひよりさんの顔と体だけが目当ての男だなんて、君にだけは絶対に思われたくない」

「……そっか。そうだよね。うん、そうだ。雄介くんはそういう人だ……！」

嬉しそうに見えて、悲しそうにも見える顔だった。でも、声からは納得の感情がにじみ出ている。

それでも、やっぱりここまで勇気を出してくれた彼女を拒絶してしまったことが申し訳なくて、僕は謝罪の言葉を述べた。

「ごめん。意気地のない男で……」

「ううん。雄介くんは何も悪くないよ。仁秀に浮気されたあたしを励ました時、言ってたじゃん。体で繋ぎ止める関係なんて恋人でも何でもないって……わかってたはずだし、雄介くんと同じように少しずつ仲良くなっていこうってあたしも思ってたはずだった。なのに、こういう状況になって……もしかしたら神様がそういうことをしろって言ってるのかもって、そう思っちゃったんだ」

以前に僕が言った言葉を挙げながら、ひよりさんが答える。

ぽふっ、と音を立てながら体勢を変え、天井を見上げた彼女は、自嘲気味にこう続けた。

「言い訳に聞こえるかもしれないけどさ……トラウマになってるのかも、仁秀に言われたこと」

「……捨てられたくなかったら、胸を揉ませろってやつ？」

「うん……そういうことを許してあげないと捨てられちゃうのかもなって、不安なんだ。

だから、こういう絶好のシチュエーションで、あたしにはそういう意思があるよって見せれば、そのままなし崩しに繋ぎ止められるかもなって、そう思っちゃった。むしろそういうことをしなくちゃ、雄介くんもあたしから離れていっちゃうかもって、そんな失礼なことまで考えちゃったんだ」

「……大丈夫だよ。大丈夫だから、不安にならないで」

「うん……ありがと」

仲良くなれていると思っていた。少しずつ、わかり合えていると思っていた。

だけど、もしかしたら僕はひよりさんの大事な部分に目を向けていなかったのかもしれない。

僕が思っている以上に彼女は江間に傷付けられていて、心に深いトラウマを抱えていた。

その部分をずっと見ていなかったのではと、こうして弱々しく不安を吐露し、そのトラウマが原因でこんなことをしてしまったと語る彼女を見つめながら、僕は思う。

だとするならば、僕がすべきことは――

「……幸せにするよ」

「え……？」

不意に発したその一言に、ひよりさんが驚いた様子で僕の方を向く。

さっきと逆だなと思いながら、静かに微笑みを浮かべた僕は彼女を真っすぐに見つめ、こう続けた。

「きっと、ひよりさん自身も気が付いてないトラウマとか、そういうのがたくさんあるんだと思う。幼馴染としてずっと傍にいて、それから恋人になった男に裏切られたんだから、そんなの当たり前だよ。その傷が全部癒えるように、僕がひよりさんのことを幸せにする。全部過去のものだって、そう思ってもらえるように頑張るから」

「雄介くん……！」

「……どれくらい時間がかかるかわからないけど、ひよりさんが江間とのことを完全に吹っ切って、全部笑い飛ばせるようになったら、その時にちゃんと気持ちを伝えるよ。だから、もう少しだけ待っててほしいんだ」

「……うん。ありがとう、雄介くん」

ひよりさんの瞳に涙が浮かんでいるように見えたのは、僕の見間違いかもしれない。

ただ、その嬉しそうな彼女の笑顔を見るためなら、僕はどんなことでも頑張れるって……心の底から思った。

「あのさ……手、出してもらってもいい？　あっ！　変な意味じゃないよ！　お布団から手を出してほしいって、そういう意味！　ちょっとだけ怖いからさ、手を握ってほしいんだ」

そうやって話に一区切りがついたところで、ひよりさんがまた別のお願いを口にした。

その後、慌ててそのお願いの意味と真意を説明する彼女へと、僕は笑みを浮かべながら応える。

「もちろんいいよ。はい、どうぞ」

「えへへ……！　ありがとう」

僕とひよりさんの布団の境目。彼女の手が届きそうなところに手を置く。

嬉しそうにはにかんだひよりさんは僕の手に自分の手を重ね、ぎゅっと握り締めてきた。

「ふふっ……！　おっきいね、雄介くんの手。すごく、安心する……」

ひよりさんが僕の手の指と指の間に自分の指を潜り込ませ、強く握ってくる。

所謂(いわゆる)、恋人つなぎというやつを友達の僕たちがしているわけだが、今日は都合よくそのことを指摘しないことにした。

代わりに、小さくて温かい彼女の手を包みこむように僕も手に力を入れる。

きゅっ……と、優しく強く握り返せば、ひよりさんはとても嬉しそうに微笑んでくれた。

「じゃあ、今度こそ寝ようか。ちょっと落ち着かないけどね」

「あははっ！　確かに！　でも……できるだけ、こうしていたいな」

その気持ちは僕も同じで、それを伝えるようにちょっとだけ強くひよりさんの手を握る。

また微笑んでくれたひよりさんが同じように僕の手を握り返して……と、お互いに顔を見合わせて笑い合った僕たちは、相手の顔を見つめながら口を開いた。

「おやすみなさい、ひよりさん」

「うん。おやすみ、雄介くん」

その言葉を最後に、僕たちの間に静寂が流れる。

ガタガタと風と雨に吹かれる窓がうるさいけれど……今日はいい夢を見られそうだと、小さなひよりさんの手を握り締めながら、僕はそう思った。


「ん、んっ……！」

少しずつまどろみから意識を覚醒させながら、僕はゆっくりと目を開く。

昨晩はガタガタと震えていた窓は微動だにしていなくて、雨も風も止んでいることがわかった。

「んぁ、ふぁぁ……ん～……？」

そんな僕の隣で、眠そうなかわいい声が響く。

ややあって、むくりと上体を起こしたひよりさんを笑顔で見つめながら、僕は彼女に挨拶をした。

「おはよう、ひよりさん」

「ん？　んにゅう……おはよ、雄介くん……」

まだ少し眠そうなひよりさんが目を擦る。

そうしながらはたと自分の右手を見つめた彼女は、まだ僕と手を繋ぎっぱなしであることに気付いたようだ。

「ふっ、ふふふ……っ！　結局、一晩中手を繋いだままだったんだね」

「そうみたいだね。ちょっと恥ずかしいかな」

昨日のやり取りを思い返して、お互いに照れ笑いしながら、そう言い合った僕らが手を放す。

少し惜しくはあったけど、いつまでもこうしているわけにはいかないし……きっとどちらかが勇気を出せば、またこうして繋がれるはずだと思う僕へと、ひよりさんが言う。

「う～……あたし的には寝起きの姿を見られる方が恥ずかしいかも。髪もぼさぼさだし、ブサイクだしさ」

「そんなことないよ。ひよりさんはいつだってかわいいって」

「えへへ〜……！　雄介くんも言うようになりましたな〜！」

嬉しそうに笑ったひよりさんが頭を掻きながら言う。

先に立ち上がった彼女に続いて起きることにした僕は、ひよりさんと共に洗面所に向かうと順番に顔を洗って、歯を磨いていく。

「歯ブラシまで用意してもらっちゃって、何から何まで申し訳ないな〜……」

「気にしないでよ。どうせ余ってたやつだし、大したことじゃないしさ。あ、ブラシとドライヤーも使う？」

「うん、この後で使わせてもらうね。にしても……う〜ん、やっぱ髪伸びたな〜……前髪が邪魔だ〜」

そう言いながら自分の髪の毛を弄るひよりさんの姿を見て思ったのだが、確かに最初に会った時と比べて髪が伸びている気がする。

寝ぐせがついていることもあるのだろうが、ショートボブだった黒い髪はそれより少し長くなっているし、全体的な毛の量も増えているように見えた。

「言われてみればそうだね。そろそろ切りに行くの？」

「んん〜……そうしたいけど、このタイミングで切ると失恋したからそうしたって仁秀に思われそうで嫌なんだよね……」

「じゃあ、いっそのこと伸ばす？」

「それもそれで柴村に近付こうと足掻いてるって思われそうで嫌だ……あっ！　今絶対、面倒な女だなって思ったでしょ⁉」

「そうは思ってないよ。やっぱり女の子にとって髪って大切なものなんだなって、そう思っただけ」

　ひよりさんの言葉を否定しつつ、苦笑を浮かべる。

　タイミングとか、状況とか、色々考えなくちゃいけないことがいっぱいで大変だなと、やっぱりまだ江間の存在は彼女の中で残っているんだなと……そう僕が改めて思ったところで、母が顔を出した。

「おはよう、ひよりちゃん。ついでに雄介もおはよう」

「おはようございます、真理恵さん！」

「おはよう。実の息子をついで扱いするのって、母親としてどうかと思うよ？」

「ひよりちゃんの服、全部洗い終わってるからね。乾燥も終わってるから、いつでも着替えて大丈夫よ」

「ありがとうございます。じゃあ、とりあえず下着だけでも着けてきちゃおうかな……」

　僕のツッコミを無視してひよりさんと話す母は、彼女の言葉に頷いて一旦引っ込んだ。

ひよりさんも後を追って消え、暫しした後で渡された下着を手に僕の部屋へと着替えに向かう彼女の後ろ姿を見つめる僕へと、母が声をかける。

「いい夜を過ごせたみたいじゃない。変なこともしてないみたいだし、一安心ね」

「そうやって心配するなら、最初から反対すれば良かったじゃん」

「そういう心配はしてないわよ。私の息子だもの、女の子を適当に扱うことはしないって信じてるからね。心配してたのはひよりちゃんの方。ちょっとだけ浮かない顔をしてたけど、今朝はすっきりしてたから、安心したわ」

流石は母、ということなのだろう。昨晩のひよりさんの焦りとか、そういうものを見抜いていたようだ。

その上であんな真似をさせたのは、息子である僕を信頼してのことらしい。

おかげでお互いに色々と話をしてすっきりできた。その部分に関しては、母の判断に感謝だ。

「大切にしてあげなさいよ。友達としても、他の何かだったとしてもね」

「……言われなくてもわかってるよ」

僕のその答えに、母は満足気に笑った。

そうした後、「冷蔵庫の中身、自由に使っていいわよ」とだけ言い残し、二度寝をするために自分の部屋へと引っ込んでいく。

色々と気を遣ってくれたことや、二人きりの時間を作ってくれた母に改めて感謝しながら、僕はキッチンへと向かい、朝食を作り始めた。


「わわわっ⁉ 雄介くん、朝食まで作ってくれたの⁉」

「うん。ひよりさんの口に合うかはわからないけど、一緒に食べようよ」

「ありがとう！ うわ〜！ すっごい美味しそう！」

厚切りの食パンとベーコンエッグを載せた皿に加えて、ミルクを注いだマグカップをテーブルの上に置く。

そのタイミングで着替え……もとい、下着を着けてきたひよりさんが戻ってきて、僕が作った朝ご飯を見ながら目を輝かせる。

簡単なメニューだが、そこまで喜んでくれたなら作った甲斐があると思いながら、僕は彼女と向かい合って朝食を食べ始めた。

「じゃあ、いただきま〜す！ はぁむっ！ んん〜っ！ やっぱり美味しい‼」

「お気に召したようで何より。ひよりさん、食パンに何塗る？ ジャムとかマーガリンとか、チョコソースとかあるよ」

「え〜っと……じゃあ、イチゴジャムをお願いします！」

「うん、わかった。イチゴ、好きなんだね」

「ケーキバイキングでもいっぱい食べたしね〜！　そう言う雄介くんは何を塗るの？」

「その日の気分によるかな？　今日はないけど、マーマレードとか好きだよ」

「そうなんだね！　じゃあ、今度からうちに用意しておこうかな？　雄介くんが泊まりに来た時のためにさ！」

本気なんだか冗談なんだかわからないことを言うひよりさんと、楽しく笑い合う。

食パンに何を塗るのが好きかなんて小さなことだったけど、またこうして彼女のことを知って、僕のことを知ってもらえたことが嬉しくて、この日の朝食は普段よりもずっと美味しく感じられた。

その後、ゆっくりとミルクを飲みながら朝の情報番組を確認していた僕たちは、昨晩この近辺を襲った爆弾低気圧が過ぎ去ったことを知った。

外は昨日の荒天が嘘のように晴れ渡っていて、番組の司会も絶好のお出かけ日和と語っている。

『折角の休日、ちょっと映画でも見に行きませんか？　ということで、最新映画ランキン

グ発表の時間です！』

そんな流れで毎週土曜日の特集である映画ランキングの発表が始まって、僕たちは話しながらそれを眺めていた。

最新の邦画や海外の話題作、アニメ作品なんかの人気度合いが発表される中、三位の作品を見たひよりさんが言う。

「あ……！　この映画、ちょっと気になってるんだよね」

「へぇ～……」

最近、話題になっているミステリー映画。少し前に短期でアルバイトをした本屋で原作小説が並んでいるのを見たから、僕も覚えている。

その時はちょっと気になる程度だったが……これもいい機会だと考えた僕は、テレビを見ていたひよりさんへとこう返した。

「じゃあ、今日見に行く？」

「えっ？　いいの⁉」

「さっき絶好のお出かけ日和だって言ってたし、いい機会だしね。ひよりさん、予定は大丈夫？」

「もちろん大丈夫！　へっへ～！　お家にお泊まりに続いて、休日デートかぁ……‼」

自分でも驚いたが、本当に自然にデートに誘うことができていた。

色々と自分の中で覚悟が決まったからそうなっているのかと今更ながら僕が自分自身の大胆さに驚く中、嬉しそうに笑うひよりさんが言う。

「……なんか、あれだね。昨日、大我くんも言ってたけどさ。こんなふうに朝食を食べながらさらっとデートが決まるの、本当に夫婦みたいだ」

「……そうかもね。うん、そうだ」

ちょうど、僕もそう思ったところだった。

照れくさくて口にはできなかったけど、そういうことを簡単に口に出してくれるひよりさんのおかげで気持ちが共有できていると実感して、それを僕も嬉しく思っている。

「折角のデートだし、ばっちりお洒落しないとね！　一旦帰って、着替えてくるよ！」

「わかった。じゃあ、昼過ぎに改めて集合するってことで」

「オッケー！」

スマホを取り出し、お目当ての映画の最寄りの映画館での上映時間を確認してからの僕の提案に、ひよりさんは元気よく同意してくれた。

その後は朝食で使った食器を一緒に洗って、ひよりさんに貸していたシャツとハーフパンツを返してもらって、自分の服に着替えたひよりさんを玄関まで見送って……靴を履いた彼女は、家を出る寸前に振り向いて言う。

「今日はありがとう！　真理恵さんや弟くんたちにもよろしく伝えておいて！」

「こっちこそ楽しかったよ。じゃあ、また後で」

「うん！　また後でね！　今日のデート、楽しみにしてるから‼」

笑顔で手を振ってから、ひよりさんが玄関のドアを開けて外へと出ていく。

扉が閉まるまで手を振り続けて彼女を見送った僕は、この後のデートへの期待に胸を弾ませつつ、弟たちを起こしに向かうのであった。

●

「よっしゃ！　今日は盛り上がるぞ～！　江間、お前も楽しめよ⁉」

「もちろんですよ！　折角先輩たちが西校の女の子たちとの合コンをセットしてくれたんですから！」

期待に胸を弾ませながら、俺は先輩に応える。

人生初のイベント……他校の女の子との合コンというお楽しみを前に、俺の心臓は高鳴りっぱなしだ。

どんどん上がっていくテンションを表すように小躍りする俺は、今日の合コンに誘ってくれた先輩に感謝の言葉を述べた。

「先輩、今日は誘ってくださってありがとうございます！　俺、めっちゃ嬉しいです！」

「ははは！　わかりやすい奴だな～、お前！　最近スランプっぽかったから心配してたけど、その様子なら大丈夫そうじゃん」

「先輩のおかげですよ！　年上のお姉さんと遊べるって聞いたら、スランプとか吹っ飛んじゃいました！」

そうやって、俺は明るい声で先輩へと言う。

先輩の言う通り、確かに俺は最近スランプに陥っていた。理由はもちろん、ひよりとの関係に思い悩んでいたからだ。

この間の夜、ひよりが尾上の奴と家の前で楽し気に会話していた姿を見た俺は、どういうことなのかとあいつを問いただそうとしたのだが、ラインも電話も全部スルーされて、何もわからないまま過ごすことになった。

そんなモヤモヤとした気分のままじゃ、バスケに集中できるはずもない。

いや、バスケどころか他の何にも集中できなかった俺は何もかもがガタガタになってしまい、そのせいでメンタルもボロボロになるという悪循環に陥っていた。

練習試合が近付いてきているっていうのに、このままじゃ本当にベンチ外確定だ。

クラスの連中にも二奈にも滅茶苦茶イキってたってのに試合に出れないどころかレギュラーにも入れないなんてことになったら、俺の評価はガタ落ちになってしまう。

どうにかしなくてはと焦る俺だが、焦ってもいいことなんてあるはずがなくて、むしろそのせいでまた調子を落としてしまって……抜けられない負のループに突入していた。

だけど、そんな毎日とも今日でおさらばだ！　なんていったって、俺は今日、新しい彼女候補を見つけるんだからな！

（それもこれも、将来のエースとして期待されている俺のことを心配して合コンに誘ってくれた先輩のおかげだから、いくら感謝してもし切れないぜ！）

やっぱり俺は持ってる男だ。こうして先輩にも気遣ってもらえるし、二奈も俺の気晴らしになればと合コンに行く許可を快く出してくれたし、心配だった爆弾低気圧も夜の間にどこかに行ってくれたから予定通りに遊びに行くことができた。

才能だけじゃなくて人にも運にも恵まれている俺なら、きっと全部が上手くいく。

ひよりとの関係だって、なんだかんだで元鞘に戻れるはずだと……そう考えてほくそ笑む俺へと、先輩が声をかけてきた。

「俺たちも女の子も先輩だからさ、ちゃんと礼儀正しくしろよな？　唯一の後輩として、盛り上げ役は任せたぞ！」

「了解っす！　でも、俺ばっかりモテちゃったりしても怒らないでくださいよ？」

「お前、デカい口叩くな～！　ホント、調子のいい奴だよ」

呆れ半分に笑っている先輩たち曰く、今日、来る女の子たちは俺の一個上らしい。

つまりは魅力的なお姉さまが揃っているということで、同級生の彼女とは違う魅力を見せてくれるんじゃないかと期待が高まるばかりだ。

（へへへ……！　やっぱ年上って胸もデカいのかな？　ひより以上のデカパイがいたりして……!?）

既に俺の中では昨日まで感じていた不安やモヤモヤが消え去っている。

ひよりと尾上の関係は気になるが、気にし過ぎていてもしょうがない。それにきっと、家の前で二人が何かしてたのも俺の見間違いだ。

普通に考えて、出会って一週間そこそこでそんな親密な関係になるわけがない。

ひよりだって俺のことを気にしてるだろうし、そう簡単に切り替えられるような女じゃないことは幼馴染である俺にはよくわかってるんだ。

だから今はまずはメンタルをリセットして、そこからまた動けばいい。そのためにも西高の女の子たちとの合コンを全力で楽しむことだけを考えよう。

そこでかわいい女の子とお知り合いになって、いい雰囲気になれば、ひよりと二奈に続く三人目の彼女ができるかもしれない。

もしかしたらお持ち帰りできて、一気に大人の階段を上れるかも……！　という期待に胸を躍らせていた俺の目に、驚くべき光景が飛び込んでくる。

「あっ！　あれは……‼」

俺たちと同じ、駅に向かっている小さな人の姿。

十数年の人生の中で何度も見てきたあの後ろ姿は、間違いなくひよりのものだ。

「先輩、ちょっとすいません！」

「おえっ⁉　ちょっ、江間⁉」

先輩に一言断った俺は、小走りで少し離れたところにいるひよりの元へと駆け寄った。

このタイミングでばったり出くわせるなんて、やっぱり俺は持ってる男だと……そう思いながら、俺はひよりに声をかける。

「おい、ひより！」

「え……？」

突然声をかけられて驚いたひよりが振り向き、俺の顔を見て、露骨に嫌な顔をする。

子供っぽいその態度も今は許せると思いながら、俺はひよりと話をしていった。

「奇遇だな！　どっか出かけるのか？」

「……そうだよ。見ればわかるでしょ？」

嫌々、といった態度を全面に出しながら俺に答えるひより。

わかりやすく意地を張っているというか、まだ怒ってるのかと思いながら、俺はひよりの服装を観察する。

レースと薄い花の模様でさりげなく彩（いろど）られている白のチュニックに、茶色のショートパンツ。

肩からはポーチを下げていて、動きやすそうなその服装と多くない荷物を見るに、ちょっと買い物にでも行こうとしていたのだろう。

普通にかわいい格好だと思うが、特に目を引くのは胸のすぐ下を縛る紐（ひも）の部分で……その紐のおかげで胸の膨らみが強調されていて、ひよりのロリ巨乳っぷりがすごいことになっている。

やっぱりこのデカパイを超えるサイズはなかなか現れないというか、仮に超えられたとしてもインパクトはひよりの方が上だろうなと思いながら、俺は口を開く。

「どうせお前、一人で買い物にでも行って、バイキングで馬鹿食いするつもりだったんだろ？　だったらさ、俺と一緒に遊ぼうぜ！」

「はぁ？　なんであんたと――」

「俺と二人だけじゃなくって、先輩たちもいるからさ！　それに、他校だけど女の子たちとも合流する予定なんだよ！　それだったらいいだろ？　なっ？」

前回は尾上の邪魔が入ったし、気まずい状況で二人きりになるのが嫌だからひよりも断ったんだ。

でも、今回は大丈夫。尾上はここにいないし、先輩たちや西高の女子たちが一緒なら、気まずさもない。

そうやってひよりを連れ出して、先輩たちの援護を借りて機嫌を直してもらって、和解できれば……今までの関係が戻ってくる。

上手いことといけばそのままひよりもバスケ部のマネージャーになってくれて、二人の彼女と一緒に薔薇色のバスケ部ライフを送れるかもしれないと考えた俺が笑みを浮かべる中、ため息を吐いたひよりが言う。

「絶対にヤダ。っていうかあたし、人と待ち合わせしてるから、あんたに構ってる暇なんてないの」

「いや、待てよ！　意地張ってそういう嘘とか吐かなくていいからさ！」

「意地なんて張ってないし嘘も吐いてないから。そういう自分に都合のいい妄想とか止めてくれる？」

「わかったよ！　待ち合わせ相手、どうせ女の子なんだろ？　だったらその子も連れてきていいからさ！」

「だから……！　邪魔！　嫌だって言ってるんだから強引に誘わないでよ！　いい加減にしないと大声出すから！」

逃げようとするひよりの肩を掴んで、こっちを向かせる。その瞬間、俺はひよりの何かに違和感を覚えた。

（なんだ？　なんか違う気が……？）

ぎゃーぎゃーと騒ぐひよりの言葉を聞き流しながら、その違和感の正体を探る俺。

でもまあ、とりあえずは先輩たちのところにこいつを連れて行って……と考えて振り向こうとしたタイミングで、ひよりの肩を掴んでいた手を強引に引き剝がされてしまった。

「いっっ⁉」

明らかにひよりのものではない、大きな手に腕を掴まれた俺が思わず呻く。

俺とひよりを引き離し、その間に強引に割って入ってきた奴が誰なのかを確かめるべく顔を向ければ、そこには俺が今、一番会いたくない男が立っていた。

「お、尾上ぃ⁉　またお前かよ⁉」

「それはこっちの台詞だよ。ついこの間、君に注意したばかりじゃないか」

最悪なことに、この場に大嫌いな尾上が居合わせてしまった。

ひよりと引き合わせてくれたまでは良かったのに、どうしてこいつまで引き寄せてしまったんだとさっきまで味方をしてくれた神を呪った俺は、尾上の陰に隠れるひよりの姿を見て、怒りを募らせる。

どうしてそんな奴にくっついて、逃げようとするんだと……そう思った俺は、奴を睨みつけながら言ってやった。

「退けよ、尾上。ひよりはな、俺と遊びに行く約束をしてるんだ。その邪魔をすんじゃねえって！」

背はこいつの方が高いが、それがなんだっていうんだ。

運動部にも入ってないこいつより、俺の方が強いはずだ……と自分に言い聞かせながら尾上を威嚇する俺であったが、尾上は一切動じることもなく、逆に冷ややかな視線を向けながら口を開いた。

「……そういう嘘、止めてもらえるかな。君はひよりさんと遊ぶ約束なんてしてないだろう？」

「はぁ？　なんでお前がそんなことを言えるんだよ？」

「僕が今日、ひよりさんと遊びに行く約束をしてるからだよ」

「……え？」

　一瞬で嘘を見抜かれた俺はその動揺を隠しながら威嚇を続けたが、続く尾上の言葉に思考がフリーズしてしまった。

　視線を下に移してひよりを見れば、あいつは呆れた様子で俺を見るだけで、今の尾上の言葉を否定していなくって……さっきあいつが言っていた待ち合わせ相手が、尾上であることを理解してしまう。

「は？　え？　ま、待てよ。あ、遊ぶって、クラスの連中とか……？」

「それを君に言う必要なんてないだろ。君の方こそ、一緒に遊ぶ人を待たせてるんじゃないのかい？」

　そう言いながら尾上が俺の肩越しに先輩たちを見やる。

　声は聞こえていないだろうが、このやり取りを見られていることを思い出した俺が血相を変える中、尾上の背中に隠れていたひよりが口を開いた。

「もういいよ、雄介くん。映画が始まっちゃうし、そんな奴は放っておいて早く行こ」

「まっ、待てよ！　まだ話は――っ⁉」

　そうしてひよりに手を引かれて去っていこうとする尾上の肩を掴んだ時……俺は気付いてしまった。

さっき、ひよりの肩を掴んだ時に感じた違和感……その正体は、匂いだ。

ひよりの髪から、普段と違う香りがした。いつも使っているであろうシャンプーとは別の匂いがしたんだ。

そして……それと同じ香りが、目の前にいる尾上からも漂っている。

これはどういうことだ？　どうして尾上とひよりから同じシャンプーの匂いがする？

どうしてそんなことに？

――まさか……という思いがあった。そんなことあり得ないと思いながらも、手がぶるぶると震えていた。

（や、ヤったのか、こいつら……？　そんな、どうして……⁉）

妙に親密になった男女から、同じシャンプーの香りがする。こいつらが昨日、同じ場所に泊まったことはほぼ間違いない。

そして、同じ場所に泊まった高校生の男女がすることなんて、たった一つだ。

信じられない、信じたくない。だけど、この感じから察するに、ひよりは尾上と――⁉

「う、う、嘘だ。うそ、だ……‼」

「……悪いけど、僕たちはもう行くよ。君も休日を楽しんでね」

ぶるぶると唇を震わせながらうわ言を呟く俺へと、冷ややかな視線を向けながら尾上が言う。

ひよりと一緒に去っていくその背中を見つめながら……俺は、大嫌いなあいつに幼馴染を寝取られたことを悟り、絶望のどん底に叩き落とされた。

第八章　ひよりさんと休日デート！　そして――！

待ち合わせの時にこそばったり遭遇してしまった江間とのいざこざのせいで嫌な感じになってしまったが、その後のひよりさんとの休日デートは楽しく進んだ。

電車に乗り、ショッピングモール内に併設されている映画館に行って、お目当ての映画を見る。

映画の内容も面白くて、流石は話題作だと思いながら二時間ほどの上映を見終えた僕たちは、そのまま適当なお店で軽食を取りながら感想を話し合うことにした。

ミステリー映画ということで周囲の人たちにうっかりネタバレにならないように注意しつつ、良かったシーンなんかを語り合う。

その最中、映画の話題が一区切りした段階でひよりさんが僕の格好を見ながら言った。

「そういえばだけど、雄介くんの私服を見るのってなんだか新鮮な気分だね。部屋着はちょこちょこ見てたけど、お出かけする時の格好は初めて……あ、違うか！　これで二度目だ！」

「そうだね。最初にハンバーガーを奢った時も私服だったからね」

「お恥ずかしい話です。その時はあんまり気にしてなかったけど……うん、似合ってるね。すっきりしてて、格好いいよ！」

「ありがとう。女の子にそうやって褒めてもらったことがないから、なんか恥ずかしいけど」

　特に自分がお洒落な男子だといった自覚はないし、実際に洒落てる格好というわけではないのだが、女の子に隣を歩いても恥ずかしくない服装だとは思ってもらえているらしい。

　黒のジャケットに白のプルパーカー。下半身はその中間色であるグレーのデニムパンツにシンプルなスニーカーを合わせた地味な格好ではあるが、合格点を貰えたことに安心した。

「ひよりさんの方こそ、すごくかわいいよ。その服、似合ってると思う」

「えへへ～！　ありがとうね！」

　褒めてくれたお返しというわけではなく、一目見た時から思っていたことをこの機に乗じてひよりさんへと言えば、彼女は嬉しそうにはにかんでくれた。

　白い短めのワンピース（チュニックというんだっけ？）は袖や裾の部分に半透明のレースが付いていて、エスニックな花柄模様が目立ち過ぎない程度にかわいらしさを引き立てている。

　下はライトブラウンのショートパンツで、こうして改めて見ると少し露出が多いことに気付いて、一人でドギマギしてしまった。

「この服、結構お気に入りなんだよね～！　お尻を軽く隠してくれるから、大きさがごまかせるしさ。ただ、ここで縛らないとシルエットが広がって、太って見えちゃうのが悩みかな～？」

「あ～、そういう問題があるのか。胸が大きいと大変だね」

「そうなんだよ～！　別に強調してるつもりはないのに、こういう形になっちゃうんだよね～……」

　ちょいちょい、と紐を胸の下で縛り、シルエットを絞っている自分の服装を見せつけながらのひよりさんの言葉に、頷きながら女の子の大変さを感じ取る。

　これは胸やお尻の大きい女の子の永遠の悩みなのだろうなと、理解を示しながらもそれはそれとしてやっぱり私服姿のひよりさんはかわいいなと思いながら彼女を見つめれば、恥ずかしそうな笑顔がリアクションとして返ってきた。

「もう……見つめ過ぎ。冷房効いてるのに、熱くなってきちゃったじゃん……！」

「あ、ご、ごめん……」

「……別に嫌じゃないよ。本気でかわいいって思ってくれてることがわかって、嬉しいしさ」

恥ずかしいけど嬉しいと、そう言ってくれたひよりさんの言葉に今度は僕が熱さを感じる番だった。

そうした後、このおめかしも僕のためなんだよなと再認識したところで嬉しさと恥ずかしさが込み上げてくる中、イチゴタルトよりも甘い空気を振り払うようにひよりさんが言う。

「こ、この後、どうしようか？　どこか行きたいところとかある？」

「えっと……さっき見た映画の原作小説が気になったから、本屋を見に行かない？」

「いいね！　他にもシリーズがあるだろうし、コミカライズもあるっぽいから、あたしも見てみたいと思ってたんだ！」

そうと決まれば、といった感じで僕はグラスに残っているアイスコーヒーを飲み干す。

ミルクもガムシロップも大して入れていないのにどうしてだかとても甘く感じるそれを飲んだ後で店を出た僕たちは、ショッピングモール内にある本屋へと向かっていたのだが……その途中の雑貨店で僕は気になる物を見つけ、足を止めた。

「あ、これ……」

「ん？　どうしたの、雄介くん？」

不意に足を止めた僕へと、ひよりさんが声をかけてくる。

そうした後で僕が見ている物へと視線を向けた彼女は、少し驚きながら口を開いた。

「ヘアアクセサリー？　これがどうかしたの？」

「今朝、ひよりさんが言ってたことを思い出してさ。髪が伸びてきたって、そう言ってたでしょ？」

「ああ……！」

髪が伸びてきたけど、今すぐに切るのもこのまま伸ばし続けるのもなんか嫌だ。

そんなひよりさんの言葉を思い出した僕は、ヘアゴムやシュシュが並んでいる棚を見つめながら彼女へと言う。

「それなら、こういうのを使ってちょっとイメチェンするのはどうかなと思ってさ」

「なるほど……！　確かにそれもありだね！」

あまり女の子の髪型やヘアアクセサリーに詳しくはないのだが、僕の思い付きをひよりさんはいいと思ってくれたようだ。

軽く雑貨店の棚を眺めた彼女は、僕を見上げるとニヤリと笑いながらこう言ってくる。

「じゃあさ、雄介くんが選んでよ。あたしに似合いそうなやつ」

「ええっ⁉　僕が⁉」

「うん、あなたが」

急にそんなことを言われてしまった僕は、その責任重大な役目に冷や汗を流した。

女の子の命とも言える髪に関わる部分の決定権を任されるだなんて……と動揺しながらも、一生懸命に頭を悩ませながら棚を見つめる。

「あんまり派手過ぎるのはな……でも、逆に地味過ぎるのもそれはそれで……」

「……ふふっ！」

ああでもないこうでもないと考え、ぶつぶつと呟きながら、必死に頭を悩ませてどれを選ぶかを考え続ける。

そんな僕のことをひよりさんは楽し気に見つめていて、それはそれでまた僕の緊張を加速させていた。

「よ、よし。これでどうだ⁉」

「おっ、決まった？　見せて見せて！」

ややあって、僕はシンプルなオレンジ色のヘアピンを選んでそれを手に取った。

緊張しながらもひよりさんにそれを見せれば、にやにやと笑った彼女が首を傾げながらこう尋ねてくる。

「ほほう？　これが雄介くんのセレクトですか！　して、これを選んだ理由は？」

「あ、あんまり派手過ぎないものでかつ、ひよりさんの雰囲気に似合うものにしたいなって思って。オレンジって、明るくてひよりさんにぴったりでしょ？」

「なるほど！　いい理由だ!!　てっきりあたしは昨日見た下着の色がオレンジだから、それに合わせたのかと思ったよ！」

「ぶふっ!?」

そう言えばそうでしたと、ひよりさんの言葉に盛大に噴き出した僕が思う。

もしかして、オレンジ色を選んだのも実はそのイメージが脳裏に焼き付いていたからかも……と考え、別の色を選ぼうとした僕であったが、ひよりさんはそれを許してくれないようだ。

「よし！　じゃあ買ってくるね！」

「あっ、ちょっと待って！　折角だし、僕がプレゼントするよ」

「えっ？　いいの？」

「そんなに高くないし、そもそも僕の思い付きだしね。だから、うん。そういうことで」

格好良くプレゼントにつなげる台詞が思いつかなかったのでグダグダになってしまったが、ひよりさんも快く受け入れてくれたようだ。

彼女の手からヘアピンを受け取ってそのまま会計を済ませた僕は、ラッピングをしてもらったそれを改めて差し出す。

「ありがとう！　すっごく嬉しいよ！」

「あはは……そんな大した物じゃないし、僕のセンスがいいとは思えないけど……」

「そんなことないって！　本当に嬉しいよ！」

ぎゅっ、とヘアピンが入った袋を握り締めたひよりさんがそれを胸に当てて微笑む。

嬉しさを噛み締めているような彼女の姿を見つめる僕へと、ひよりさんは目を閉じたまま言った。

「だって、雄介くんがあたしのために一生懸命考えてくれたプレゼントでしょ？　値段よりなにより、その想いが込められてるっていうことが本当に嬉しいんだ」

そう言いながら、またひよりさんが袋を強く握る。

僕が彼女の言葉に恥ずかしさを覚える中、目を開けた彼女は上目遣いになって口を開いた。

「だから、ありがとう。雄介くんからのプレゼント、大切に使わせてもらうね」

「……うん。ひよりさんが喜んでくれて、僕も嬉しいよ」

照れ臭くて、恥ずかしくて、そう答えるのが精一杯だったけれど……この気持ちに嘘はない。

本当に嬉しそうに笑うひよりさんの笑顔を見た僕は、この笑顔を生み出せた自分自身のことを少しだけ誇りに思った。


ヘアアクセサリーを買った後は本屋に行って、見たばかりの映画の原作小説やコミカライズをひと通り見たりして過ごした。

その後もショッピングモールを適当にぶらつきながら話をして、喉が渇いたら休憩所で自動販売機から飲み物を買って、その話の中で出たお店に行ってまた楽しく過ごす。

そんなふうに過ごしていたら、あっという間に時間が経っていた。

現在時刻、午後六時……夕焼けの赤と夜の闇の黒が入り混じる空を見上げながら、僕たちは最寄り駅に降り立った。

「あ～、楽しかった！　このまま帰るのがもったいない気分だよ！　どうせ明日もお休みだし、雄介くんの家にもう一泊しちゃおうかな？」

「流石に駄目だよ。ひよりさんのご両親だって心配するし、今日は早めに帰らないと」

「ちぇ～……！　残念だな～……‼」

駅から出て、タクシー乗り場をスルーして……今日は何も言わずとも当たり前に、僕がひよりさんを家まで送る流れになっている。

このまま帰るのがもったいないというのは僕も同じ気持ちだ。だからこうして、もう少しだけ彼女と話していたい。

できる限りゆっくりと時間をかけて歩きながら、今日のデートについて話をしていく中、不意に微笑んだひよりさんがこんなことを言ってきた。

「……やっぱり優しいね、雄介くんは。うん、本当に優しい」

「そうかな？　ひよりさんを送ってるのも僕が話したいからで、百パーセント親切心からってわけじゃ――」

「そうじゃなくって……ふふっ！　自分のことには鈍いんだから！」

てっきり、今の言葉はこの状況のことを言っているのかと思ったが、どうやら違うようだ。

くすくすと笑ったひよりさんは、僕を優しい目で見つめながら口を開く。

「身長差も歩幅の差もあるのにさ、あたし、全然苦労して歩いてないよ。雄介くんがあたしの歩くペースに合わせてくれてるおかげでね」

「それはほら、慣れてるんだよ。弟とか母さんと一緒に出かけることが多かったから、そういうのが習慣になってるだけ」

「当たり前に誰かを気遣ってあげられること、それを優しさって言うんだよ。雄介くんは謙遜してるけどさ、その優しさは間違いなく雄介くんのいいところだって」

唐突な褒め殺しに気恥ずかしさを感じた僕が視線を逸らしながら頬を掻く。

急にどうしたんだろうと思う僕へと、微笑みを浮かべたままのひよりさんは話を続けていった。

「まだ雄介くんと知り合って間もないけどさ、あなたのいいところはいっぱい見つけられたよ。優しいところも、家族想いなところも、誰かのために一生懸命になれるところも、全部素敵だと思う」

「あ、ありがとう。そこまで褒められると、緊張しちゃうな……」

「ふふっ！　とは言いつつも、ダメなところも見つけちゃってるからね？　そういう自分に自信がないところとか、あとは人の尻拓をまじまじと見ちゃうデリカシーのないところとかは、改善点かな」

「うぐっ……！」

上げてから落とされたことにショックを受けた僕ががっくりと項垂れる。

ひよりさんに悪気はないだろうし、傷付けるつもりもないんだろうが、やっぱりダメな部分をダメと言われるのは堪えるなと思う中、彼女はこう言葉を続けた。

「でもさ、そういうふうに雄介くんのいいところもダメなところも知れて、本当に嬉しいと思ってるよ。好きなバスケット選手も、食パンに何を塗るかも、どんな服を着てるのかも……あなたの色んな部分を知る度に、どんどん好きになってく。それで、もっともっと雄介くんのことを知りたいって、そう思うんだ」

「ひよりさん……」

「……もう、今度は焦らないから。雄介くんとも、自分自身とも、しっかり向き合っていく。あなたに好きって思ってもらえるような女の子になれるよう、頑張るから」

夕焼けに照らされるその笑顔はとても眩しくて、輝いて見えた。

そんなひよりさんの言葉を受けた僕も、彼女へと自分の意思を伝える。

「……もう十分、僕はひよりさんのことが好きだよ。僕もちゃんとひよりさんと向き合って、頑張っていくから」

「そっかぁ……じゃああたしたち、両想いってことだねぇ……！」

「そうだね、両想いだ」

——とても不思議な関係だと、改めて思う。

好きだけど恋人じゃない。友達だけどもっと仲良くなりたいとお互いに思っている。だから、傍にいたい。

今でも十分にひよりさんのことは好きだけど、ここがピークじゃない。もっと、もっと、もっと……彼女のことを知っていくほどに、彼女のことを好きになっていく自分がいることを確信している。

そこから先は二人して黙ったまま歩いていたけど、とても心地よい時間だった。

程なくしてひよりさんの家に着いてしまった時も少しも惜しさとか悲しさとかはなくて……彼女もまた、笑顔で僕に別れを告げる。

「二日間、本当にありがとう。すごく楽しかったよ。真理恵さんたちにもありがとうございましたって伝えて」

「こっちこそ、本当に楽しかったよ。ひよりさんさえ良ければ、また遊びに来て。家族みんなで歓迎するから」

そう挨拶をしてから、家の門を潜って玄関へと歩いていくひよりさんに背を向ける。

家への道を少し歩いたところで、背後から声が響いた。

「雄介くん！」

振り返った僕が見たのは、今しがた通ったばかりの門まで戻ってきたひよりさんの姿だった。

満面の笑みを浮かべて、本当に幸せそうな笑顔を見せてくれている彼女が、手を振りながら僕へと言う。

「また、学校でね！」

「……うん。また学校で」

それだけ言って引っ込んだ彼女へと、僕も小さな声で呟く。

明後日になれば、またひよりさんに会える。それを楽しみに、明日を過ごそう。

日もすっかり沈んで、真っ暗な闇が広がりつつあったけれど……僕の心は、夜の闇とは裏腹に明るく輝いている。

次に会った時、何を話そうか？　まだ別れて数分と経っていないのに、もう学校でひよりさんと会った時のことを考えている自分の浮かれ具合に苦笑しながら、僕は家族が待つ家へと歩いていくのであった。

●

——この週末は最悪だった。もうそれ以外のなんでもなかった。

本当に最悪だ。俺は深く傷付いた上に多くのものを失って、最低で最悪な気分にさせられた。

あの日、先輩たちと西高（にしこう）の女の子との合コンに出かけた日、その途中でひよりと出くわしたことが地獄の始まりだった。

神様が俺たちにやり直す機会を与えてくれて、この遊びの中であいつの機嫌を直すことができたらまた元通りの関係になれると、そう思った俺の希望に満ちあふれたあの気持ちを返してほしい。

微笑んでくれたのは神様じゃなくて、悪魔だったってことを俺はその直後に知った。

あいつが、ひよりが……尾上（おがみ）とあんな関係になっているなんてことを思い知らされるだなんて、考えもしなかった。

名前で呼び合う親密な関係。異様なほどの急接近具合。俺への冷めた態度。そして……同じシャンプーの匂い。

ヤったんだ、あいつら。俺ですら二奈（にな）とまだそういうことをしてないのに、あいつらはもうセックスをしやがった。

ひよりは、俺の彼女は、幼馴染（おさななじみ）は……尾上の奴（やつ）に寝取られてしまったんだ。

その事実を突きつけられた俺は、合コンどころじゃなかった。

西高の女の子たちと合流しても頭の中はひよりと尾上のことでいっぱいで、それ以外のことは何も考えられなかった。

気が付けば……合コンは終わっていて、女の子たちも帰ってしまっていた。

俺は全く覚えていないのだが、先輩たち曰く、俺が女の子たちや先輩たちから何を言われてもうわの空で、ぼーっとしていたせいで全く場が盛り上がらなくて、女の子たちもシラケて帰ってしまったらしい。

先輩たちも、「ちゃんと場を盛り上げろって言ったのに」だとか、「お前を誘ったのは失敗だった」と吐き捨てるように言って俺を置いて帰ってしまった。

一人ぼっちになった俺は気が付けば自分の部屋にいて、そのままベッドに潜り込んで泣きじゃくることしかできなかった。

翌日は朝からバスケ部の練習があったけど、そんな状態で行けるはずもない。

俺は練習をサボった。何度か二奈や顧問の田沼からスマホに着信があったが、全部無視した。

多分、俺の醜態は先輩たちによってバスケ部の連中に伝えられているだろう。

どのくらいの部員が話を聞いたかはわからないが、俺への評価がガタ落ちしたのは間違いない。

一目でわかるくらいに調子を落としていて、先輩や仲間たちからの信頼もなくて、練習もサボる……そんな男がレギュラーの座を掴めるわけがないことなんて、俺にだってわかっている。

次の練習試合に俺の出番はない。二奈やクラスの連中に大見得切ったっていうのに、試合に出るどころかベンチに座ることすらできないなんて、恥ずかし過ぎて顔から火が出そうだった。

「ひより、ひより、ひよりぃ……‼」

こんな時、いつもだったらひよりがいた。元気のない俺を励ましてくれるあいつがいたんだ。

でも、あいつは尾上に寝取られた。あの卑怯者に、俺は彼女を奪われてしまった。

「くそぉ、ちくしょう……！　ひよりは俺の彼女で、幼馴染で、俺のものだったのに……！　尾上の奴……‼」

どうしてかはわからない。でも、ほんの三週間くらいであのひよりが簡単に体を許すような関係になるはずがない。

きっと尾上は卑怯な手を使ったんだ。そうじゃなきゃ、ひよりがあんな奴に靡くはずがないじゃないか。

ひよりは俺にフラれて傷付いていたんだ。それで、傷心のあいつを尾上が上手いこと唆した。

そのまま流されて、洗脳されて、今のひよりは尾上のせいでおかしくなっているんだ。

助けなくちゃ、ひよりを。元のあいつに戻してやらなくちゃ。

俺の頭の中はそのことでいっぱいで、もう他のことはどうだって良かった。

だから月曜日の朝、俺はまたバスケ部の朝練をサボって、ひよりが家から出てくるのを待っていた。

尾上に邪魔されないであいつと話ができるタイミングはここしかない。

ここでひよりの目を覚まさせて、元のあいつに戻してやらなくちゃ。

俺は十八歳未満だけど、寝取られた女がどんな末路を迎えるのかは知ってる。

このままじゃひよりはヤリ捨てられて、最悪なことになるんだ。だから、そうなる前に俺が助けてやらないとダメなんだ。

幼馴染としての、彼氏としての使命感に燃える俺は、神経を集中させてひよりが家から出てくるのを待っていた。

朝練はどうしたとしつこく聞いてくるうちのババアの声を無視して、ひたすらにひよりを待ち続けた俺の耳に、あいつが家の玄関を出る音が聞こえてくる。

その瞬間、俺は弾けるように走り出した。

自慢の身体能力をフルに使って、一秒でも早くひよりと話をするために家を飛び出した俺は、前を歩くあいつの小さな背中に声をかける。

「ひっ、ひよりっ！」

静かに歩いていたひよりが、俺の呼び掛けに足を止める。

この間と同じようにくるりと振り向いたあいつの姿を見た俺は、驚きに息を呑んだ。

「……何？　っていうかあんた、バスケ部の朝練はどうしたの？」

そう冷ややかに言ってきたひよりは、普段と少し髪型が変わっていた。

一見、いつもと同じように見えるショートボブの短めの髪型。だけど、少しだけ髪が伸びていて、邪魔に見える前髪を見たことのないオレンジ色のヘアピンで留めている。

きっとあのヘアピンは尾上から貰（もら）ったものだろうと思った瞬間、くらりとめまいを覚えると共に俺の頭の中に寝取られ本の王道的な展開が勝手に浮かび上がってくる。

（変えられてる……！　俺のひよりが、尾上の女に変えられちまう！）

チャラ男に寝取られた女は、今までの見た目から寝取った男の好みのド派手な格好になっていって……気が付けば、最初の清楚（せいそ）さが完全に消え去った、クソみたいな女に変えられてしまうんだ。

もう尾上は動いていた。ほんの些細（ささい）なことだったけど……あいつはひよりを自分好みの女に変えようとしているんだ。

ここからちょっとずつ髪を染めさせたり、日焼けさせたりして、ひよりを壊していくつもりなんだ。

「な、なんだよ、そのヘアピン……？」

「はぁ……？」

戻さなくちゃ。止めなくちゃ。ひよりがこれ以上、おかしくなる前に。

俺のことが好きだった頃のひよりに戻さなきゃ、そうじゃなきゃダメなんだ！

「全然似合ってねえよ！　髪が伸びたなら切ればいいだけなのに、変にお洒落ぶってさ！　そんなヘアピン、邪魔なだけだろ⁉　外しちまえよ‼」

正直に言えば、今のひよりはとてもかわいい。少しだけ伸びた髪をヘアピンによって留めていることで普段のかわいさはそのままに、大人っぽさが増しているような……今までとは違う魅力があった。

でも、これじゃダメだ。このひよりは、尾上に汚されたひよりなんだ。

俺の彼女だった頃のひよりに戻さないと。俺だけのひよりに戻さないとダメだ。

（怒れよ。今までみたいにブチ切れろよ。それで喧嘩して、わいわいやって、いつも通りに仲直りしろよ。元のひよりに戻ってくれよ！）

ここでひよりが怒って、言い争って、適当に謝って、謝罪の印として何か奢って……それで終わりでいいんだ。

今は尾上の邪魔は入らない。二人だけで話せる。今まで通りの俺たちでいられる。

尾上のところになんか行かせないで、また俺の彼女に――って、そう思っていた俺に対して、ひよりは何の感情も込められてない眼差しを向けながら淡々と言った。

「……言いたいことはそれだけ？　じゃあ、あたしも三つ言わせてもらうから」

「な、なんだよ……？」

いつもだったらギャーギャーと騒ぐひよりは、平坦で冷たい声で俺にそう言うだけだった。

言いたいことって何なのか？　息を呑んで待つ俺に対して、ひよりが言う。

「一つ目……この髪はあたしがしたいからやってること。それをなんであんたにごちゃごちゃ言われた上に止めさせられなきゃなんないの？　簡単に胸を揉ませてくれる女に靡いてあたしを裏切った浮気男のくせに、どの立場からそんなこと言うわけ？」

「そ、それは……‼」

今までの喧嘩の時もひよりは似たようなことを言っていた。だけど、今回はそれよりもずっと冷たくて恐ろしい声と表情で俺にそう言っている。

そんなひよりの態度に、正論に、何も言い返せないでいる俺に対して、ひよりはこう続けた。

「二つ目ね。あんた、気付いてる？　今日まで自分が、あたしに言わなくちゃいけないことを言ってないってこと」

「え……？」

急にそんなことを言われた俺だが、完全にパニックになっているせいで全く頭が働かない。

ひよりが今、何を言ったのかもいまいち理解できていない俺がただただ混乱を深める中、あいつは「だろうな」みたいな顔をしながら答えを告げる。

「あんたさ……浮気がバレてから今日までの間に、あたしに謝った？　一回でも本気でごめんなさいって言った？」

「えっ？　あっ……!?」

頭の中で走馬灯のように、あの日から今日までの思い出がフラッシュバックする。

そうして改めて自分の行動を振り返った俺は、口頭でもラインでもまだひよりに謝っていないことに気付いたのだが、パニックになっている俺はそれでも素直に謝れず、つい思ったことを口走ってしまう。

「そっ、それは、お前がほとんど話を聞いてくれなかったから――」

「少なくともあたしは今日も含めて四回はあんたと話してるけど？　でもその第一声は全部、ふざけた一言から始まってたよね？」

「で、でも、今までは謝らなくても許してくれてたじゃんか……‼」

「……そうだね。確かにそうだった。あんたの理解者面して、その辺のことをなあなあにして流してたこともいっぱいあった。そこはあたしも悪いと思う」

「だ、だろ？　だったら——」

「でも、だからといってあんたのしたことが許されるわけじゃないから。っていうか、おかげではっきりしたよ。あんたにとって、浮気してあたしを裏切ったことはその程度のことなんだね？　謝らなくても許されると思うような、軽い話だったってことでしょ？」

「うっ……」

　これは俺が悪いのか？　ひよりだって謝る機会を与えてくれなかったし、今まではそれでも許してくれてたじゃないか。

　本当はわかっている。俺が悪いってことに。頭ではそうわかってるけどどうしても納得ができなくて、それで思わず口走ってしまった言葉がさらに俺とひよりとの間に溝を作っていく。

「……で、三つ目ね。これが一番大事だから、わざわざあんたと話をしてるの。だから、ちゃんと聞いて」

もう俺の心はぐちゃぐちゃだった。たった三週間程度で幼馴染（おさななじみ）で恋人だったひよりと

どうしてこうなってしまったのか、本気で意味がわからなかった。

そんな俺を真っすぐに見つめながら……ひよりは、はっきりとした声で最も重要なこと

を言う。

「あたし、もうあんたと話したくないからさ……二度と近付いてこないで」

「はぁ……!?」

「あたしとあんたはもう他人。恋人はもちろん、幼馴染でも友達ですらない。学校でも、

この前みたいにどこかでばったり出くわしても、もう声をかけてこないで。わかった？

じゃあ、あたしはもう行くから」

一方的な……あまりにも一方的な絶縁宣言に、俺は息をすることすらも忘れて固まって

いた。

指先から全身が凍っていくような感覚に襲われながら、俺は歩き去っていくひよりの背

中を見つめる。

（嘘（うそ）だ……！　こんな、こんなに簡単に、俺とひよりの十数年が終わるだなんて、そんな

の嘘だ!!）

たった三週間程度で、こんなにもあっさりと、子供の頃からのひよりとの関係が終わりを迎えるだなんてあり得ない。

ちゃんと話をしなくちゃ。それでまた元通りの関係に戻らなくちゃと焦った俺は、去っていくひよりに声をかけるべく口を開いたのだが——。

「ひ、ひよ——」

俺が名前を呼び終わるよりも早く、足を止めたひよりが振り返って少しだけ大きな声を出す。

「あのさ！　……どうしてあたしが小さな声で話してるか、わからない？」

その後、再び声を落としたひよりは、呆れた顔でこちらを見つめてから俺の家の方へと視線を向け、口を開いた。

「おばさん、まだ家にいるでしょ？　近所の人たちももう起きてる時間だよ？　あたしがここで大声出したら、あんたのしたこと全部バレるけど……そうなりたいの？」

「っっ……!!」

そうだ。俺の家には母親がいる。近所にも、これまで俺たちを見守ってきた人たちがいる。

もしもここでひよりが大声で俺に絶縁宣言をしたら、その人たち全員にそれが聞こえて……絶対に、どうしてそんな流れになったのかを聞かれるだろう。

そうなったら俺の浮気がバレる。母親にも、この辺の住民全員にも。

そんなことになったら……俺はもう、外を出歩けなくなってしまうじゃないか。

「一応言っておくけど、あたしはあんたに情けをかけてるんじゃない。おばさんや自分の両親を悲しませたくないからこうしてるの。でももし、あんたがあたしの忠告を無視して、しつこく声をかけてくるんだったら……容赦しないから」

「ひ、ひより……」

「あと、名前で呼ぶのも止めて。ただの他人が名前で呼び合うなんて不自然でしょ？　あたしもそうするからさ、あんたもそうしてね」

「うっ、ううっ……！」

遠い。ひよりが遠くに感じられる。ほんの一か月前までは俺の隣にいて、今も手を伸ばせば届く場所にいるひよりが、途方もなく遠い距離にいるように感じられてしまう。

なんでだ？　どうしてだ？　何が悪かった？　どこで失敗した？

今までだったら許されてたはずなのに、まだほんの少ししか時間が経っていないはずなのに、どうしてこんなことに……!?

「……じゃあ、これでサヨナラだね。バイバイ、江間くん」

「あ、ああ……⁉　うあぁぁぁ……⁉」

そう言い残して、ひよりが去っていく。もう二度と振り返らず、俺を置いて、遠いところへ行ってしまう。

その背を追うこともできない俺は、ただ狼狽(ろうばい)し、嘆き、呻(うめ)きながら……あの日、ひよりに浮気がバレてジュースをかけられた時のように、呆然(ぼうぜん)と項垂(うなだ)れることしかできなかった。

終章　傍(そば)にいる。君を絶対、幸せにする

昇降口を抜け、階段を上る。長いようで短い廊下を歩き、教室の扉を開ける。

見慣れたいつも通りの景色、普段通りの学校……何の変哲もない一週間の始まりだが、全く変化が起きない日常なんて存在しない。

教室のドアを開け、自分の席に向かう途中、僕はきゃいきゃいと騒ぐ女子たちを目にした。

その中心に、会って話がしたいと思っていた女の子がいることに気付いた僕へと、その女子たちが声をかけてくる。

「あっ、うわさをすれば……！　おはよう、尾上(おがみ)くん！」

「ほら、ひより！　尾上くんが来たよ！」

「わかってるって！　変な雰囲気にしないでよ、もう……‼」

僕が何かを言うよりも早くにひよりさんを引っ張ってきた女子たちがにやにやと笑いながら僕たちから距離を取る。

何かを楽しんでいるような彼女たちの態度の意味は、前に出てきたひよりさんを一目見ればすぐに理解できた。

「あ、えっと……おはよう、雄介くん」

「おはよう、ひよりさん。髪型、変えたんだね」

「う、うん……！　折角だし、雄介くんからのプレゼントを使ってみようと思ってさ……」

普段のショートボブとよく似ているが、少しだけ違う髪型。

伸びた前髪を留めているのは先日、僕がプレゼントしたヘアピンで、言葉通りに大切に使ってくれていることを知った僕の口元にはついつい笑みが浮かんでしまう。

「ど、どうかな？　個人的には似合ってるかどうかちょっと不安なんだけど……」

「大丈夫、すごく似合ってるよ。かわいいし、ちょっと大人っぽく見える」

「ほ、本当？　えへへっ、良かった……！」

ほんの数日前に会った時と違う姿を見せてくれたひよりさんが、嬉しそうにはにかむ。

僕も彼女に微笑みを返す中、先ほどまで彼女と話していた女子たちが話に混ざってきた。

「良かったね、ひより！　尾上くん、気に入ってくれたみたいじゃん！」

「こっちの髪型もかわいいよね～！　でもまあ、かわいくないサイズの爆弾が二つも付いてるわけですが」

「からかわないでって！　別にそういうんじゃないんだからさ！」

「本当に～？　なんかもう、隠し切れない雰囲気が漂っちゃってるけど～？」

「本当だってば！　あたしと雄介くんはただの友達です‼」

「……と、七瀬被告は主張していますが、尾上くん的にはどうですか？」

まるでインタビュアーのように僕に聞いてきた女子に、少しだけ気圧されてしまったが

……すぐに咳払いをして、気を取り直す。

そうした後で期待に満ちた彼女たちの視線を浴びながら、苦笑混じりに僕は答えた。

「ひよりさんの言う通りだよ。僕たちは、ただの友達です」

嘘偽りなく、僕たちの関係を伝える。

とても不思議で言葉にするには難しい僕たちの関係は、多分そう表すのが一番だと思う。

ただ……そこにはこの一言も付け加えておくべきだと考えた僕は、少し落胆している様子の女子たちに向け、笑みを浮かべながら言った。

「──今はまだ、ね」

「おっと⁉　おおっとぉ～っ⁉」

「今はまだ⁉　とんでもない爆弾発言じゃん‼」

「ゆっ、雄介くんっ⁉　ちょっと、何言って――⁉」

　僕の発言を聞いて一気に騒ぎ出した友人たちの反応を見て、ひよりさんは顔を赤くして慌てている。

　それ以上は何も言わずに肩を竦めた僕のことを、ひよりさんは恨めし気に……だけど、少しだけ嬉しそうな目で見てくれていた。

「ホント、あんなこと言って……！　二人から質問攻めに遭っても知らないからね？」

　頬を膨らませながらも、笑みを浮かべてそう言ってくれるひよりさんを見つめながら、僕は誓う。

　このただの友達という関係がいつ終わるのかはわからない。だけど、その日までもその先も、僕は彼女のことを――。

「……ねえ、ひよりさん」

「ん？　なに？」

　女子二人が盛り上がってこちらの話を聞いていない隙を突き、僕はひよりさんに声をかける。

　きょとんとしながら僕を見上げてくる彼女へと、僕は自分自身に誓ったことを伝えた。

「幸せにするよ、絶対に。ひよりさんが、ずっと笑顔で居続けられるように」

「……!!」

僕のその言葉に、ひよりさんが目を丸くして驚く。

視線を逸らし、頬を赤らめた彼女は、微笑みを浮かべながら小さな声でこう返してきた。

「今のって、なんか……プロポーズみたいだね」

言われてみればそうかもな、と思った僕がそれをごまかすように笑う。

同時に、今の約束を嘘にしないようにこれからも彼女と歩き続けようと……ゆっくり、少しずつ、お互いを知っていこうと思いながら、僕は大好きな人の笑顔を見つめ続けるのであった。

あとがき

この本を手に取ってくださってありがとうございます。著者の烏丸英です。

突然ですが、私は身長差カップルが好きです。女の子がトランジスタグラマーでお尻も大きくて彼氏を振り回すような子ならより好みだったりします。

ですが多分、私が一番好きなのは、普段はヘタレている男の子が好きな女の子のために一生懸命頑張る姿だと思います。

そういった私の好み……もとい、性癖を存分に込めて作り上げられたのがこの小説というわけです。

だから若干、こうして皆さんに私の趣味を書籍として公開していることに気恥ずかしさを感じたりもしています。

ですが、こうして愛を込めて作り出したキャラクターや物語を書籍として皆さんにお届けし、大勢の方々の目に留めていただけるようになったというのは、書き手としては嬉しいものがあります。

カクヨムさんに投稿し始めた時から今まで応援してくださった読者の皆さんにも「やったよ！」とご報告できて嬉しい限りです。

皆さんのおかげでここまで来れました。本当にありがとうございます。

ひよりや雄介（ゆうすけ）といった本作のキャラクターをより魅力的にしてくれる素晴らしいイラストを描いてくださった瑠川（るかわ）先生にも、心の底からの感謝を伝えさせてください。

みんなかわいくて、それぞれの魅力があって、本当に最高です！

ひよりや雄介たちを素敵に描いてくださってありがとうございました！

こうして拙作を出版してくださり、宣伝もしてくださったファンタジア文庫の皆様と編集さんにも、本当に感謝しています。

声をかけてくださってとても嬉しかったです。改稿や加筆部分のアドバイスも含めて、本当にお世話になりました。

できることならば、また皆さんにご挨拶できると嬉しいのですが……気が早い話ですので、これ以上は止（や）めておきましょう。

では、最後はカクヨムさんでいつもやっている挨拶で締めさせていただきます。

ここまで読んでくださってありがとうございました！　またどこかでお会いできる日を楽しみにしています！　身長差ラブコメとロリ巨乳最高‼

ちっちゃくてデカくて可愛い七瀬さんを勘違い元カレから奪って幸せにする

令和7年3月20日　初版発行

著者――烏丸 英

発行者――山下直久

発　行――株式会社KADOKAWA
〒102-8177
東京都千代田区富士見2-13-3
0570-002-301（ナビダイヤル）

印刷所――株式会社暁印刷

製本所――本間製本株式会社

ISBN978-4-04-075859-6 C0193 ◇◇◇